女って何だ？

コミュ障の私が考えてみた

カレー沢　薫

朝日文庫

本書は二〇一八年四月、キノブックスより刊行されたものです。
文庫化にあたり副題をつけました。

はじめに

本コラムのテーマはズバリ「女が苦手な女」、もっと厳密に言えば「女」である。

もうこの時点で若干ズバリじゃなくなった気がするが、実は「女」というのは私が意識的に避けてきたテーマである。

何かの間違いでそういう話になりそうになった時は「そんなことより猫はカワイイ」「おキャット様！　おキャット様！」と、突然偏差値が5億下がったかのような文章を書いてお茶を濁してきた。

では、何故《なぜ》今回テーマを「女」にしたかというと、私も30代半ばになり、そろそろこの問題と向き合わねばならない、と思ったから、というわけでは全然ない。

そもそもこんなテーマになるはずじゃなかったのだ。当初の依頼は「意識高い系」についてのコラムだった。

所謂《いわゆる》「意識高い系」の人たちが集いそうなところに潜入取材し、現場の様子をコラムにするというものだった。

なかなか面白くなりそうなテーマである。しかしまず私が田舎に住んでいるという問題があった。明言は控えるが、イオングループが住民の娯楽を支えているような地方と言えば、大体イメージできると思う。むしろ意識が高い人間なら、真っ先に脱出をはかるような場所である。こんな田舎で意識が高い人が集まる場所と言われても、スタバぐらいしか思い浮かばないし、そのスタバすら車で1時間半かかる。

また、私は平日昼間会社員をしているため、コンスタントに都心に取材に行くというのも無理であり、仮に時間を捻出《ねんしゅつ》したとしても、このご時世、交通費まで出す出版社はほぼ皆無なため、確実に赤字になる。

つまりこの依頼を受けると、原稿料マイナスで、貴重な会社の休みに意識高そうな奴が集う場所に行き、意識高そうな奴の意識高そうな会話を聞くという、一体何の罪があってこんな苦行をせねばならぬのか、マックブックプロの角で500人ぐらい撲《ぼく》殺《さつ》してないと、こんな罰は受けないだろう、という目にあわなければいけない。

よって、このコンセプトで書くのは無理だと素直に断った。

すると今度は、その「いつもは会社員をしている」という特性を生かし「会社内の人、そこで起こった出来事」などをテーマにしてはどうかと提案された。

悪くないテーマである。

しかし当方、会社員である以前にコミュ障という特性を生かしてしまっており、社内で誰とも仲良くなく、それ故に、このような執筆業をしていることを今までずっと秘密にできたのである。

それなのに実在する会社内の人や具体的に起こった出来事を書いてしまっては、万が一の身バレがあり得る。

むしろそれが原因で、兼業作家から専業作家にジョブチェンジしなければならない事態となる可能性が高い。

よって、これも無理だと断った。

さすがに担当が出してきた案を2回も蹴ったのは申し訳なく、自分でも考えねばと思った。そこで、前述の通り私の一番の特性である「コミュ障」、または、兼業漫画家を続けているのは大きな将来不安によるものなので「老後」や「老後破産」などをテーマにしてはどうか、と提案した。

すると、担当は、コミュ障や老後も面白そうですね、と前置きした上で「ところで『女』というテーマはどうですか」と言ってきたのであった。

私が「そんなことより猫はカワイイ」と言い出すのと全く同じノリである。

まさか私の案を一蹴《いっしゅう》し、最も書きたくないテーマを繰り出してくるとは思わなかった、この担当とはメールのやりとり数回のみで会ったこともないが、これは今までの担当とはなしえなかった、かつてない劣悪な関係が築けそうだと、オラわくわくしてきた所存である。

正直「嫌だ」と思ったが、今回断る理由は「何か嫌だ」しかない。

それに、すでに2回も嫌だと言ってしまっている。さすがに3回目は「こいつ本当にやる気あるのか」と思われる恐れがある。

私はお世辞にも売れている作家とは言えないので、依頼された仕事はタダでない限りは大体受けている。しかしこの業界、こっちがやる気でも途中で立ち消えになってしまう話も少なくはない。よって一秒でも早く開始させなければならないのだ。
他の商売と同じで、相手の目が覚める前に財布からクレカを出させ奪い取らなければいけない。それを、あれは嫌だこれは嫌だと言っていては、出かかったクレカが引っ込んで「こいつに声をかけたのは間違いだった」という正解にたどり着いてしまう。

よって「いいテーマですね、色々書けそうです」と、1本も書ける気がしないのに言ってしまったのである。

だが、そもそも何故そんなに「女」をテーマにしたくないのか。やはり私自身が女でありながら「女」に対し言い知れぬ畏怖《いふ》を感じているため、できるだけ触れたくないと思っているのだろう。

よってまず、その恐怖がどこから来るかについて考えていきたい。
と、もっともらしいヒキで終わろうとしているが、もちろん考えたくない気持ちでいっぱいだ。

突然「そんなことより猫はカワイイ」という話になるかもしれないということを先に断っておく。

女って何だ?●目次

はじめに……3

第1部 女図鑑

女は女が苦手……でも……16
サバサバ系……22
ゆるふわ系……30
サブカル系……36
キラキラ系……42

意識高い系 48
バターケーキ女 54
オタサーの姫 60
自分探し系 66
女性の生きづらさ 72
ウェイ系 78
嫁姑問題 84
嫁姑問題リターンズ 90
逆・鎖国女 95
かまいたち女 102
お局 108
菩薩女 115
残念な女 122
かわいいジャンキー 129

スピリチュアル女……136
女子校、女きょうだい育ち……143
ヤンキー……150
干物女……157

第2部 女の生き方

女友達の作り方……164
女にとっての年齢問題……171
顔面レベルの掟……178
広く浅くの付き合い方……185
親戚や近隣住民との付き合い方……191
ママ友との付き合い方……197

職場の人間との付き合い方……203
学校で友達を作る厄介さ……209
女の生き方まとめ……216
女らしさって何だ？……222
家族内の役割と自分……228
ハイパー不毛な議論「女vs.男」……235
おわりに……241
文庫版あとがき……252

女って何だ？

コミュ障の私が考えてみた

第1部

女図鑑

女は女が苦手……でも

女が「女に好かれない」というのは「銃口がこっちを向いた」「ヒグマと目が合った」という意味になる

邪知暴虐《じゃちぼうぎゃく》の担当によりこのコラムのテーマは「女が苦手な女」、もっと広く言うと「女」という私がもっとも避けたいテーマになってしまった。

何故避けたいかと言うと、まず女性にかぎらず、性というのはデリケートなテーマであり、炎上という意味でホットな話題なのだ。

よって、私のように公の場に文章を発表しておきながら、誰にも怒られたくないと思っている品性下劣な人間はまずこのようなテーマは選ばず、延々「からあげうめえ」みたいな話をしたがるのである。

こういう奴は来世で「からあげに親を殺された人だっているんですよ、謝ってください」というクソリプを24時間飛ばされ続ける罰を受ければいいと思うが、とにかく今の世の中で「女はこうだ」「男はああだ」という決めつけはご法度であり「女はキンタマがない」等の確実性のあることしか言えず、またそれも絶対確実とは言えないため「女はキンタマがない傾向にある（個人の感想です）」と言わなければならない。

しかしこれは、現代人、特に女性が過剰反応でヒステリックというわけではなく、今までそういったことに異議を唱えることさえできなかったポイズンな世の中が、やっと声を上げられるところまできたということなのだろう。

以上が作家としての女というテーマに触れたくない理由だが、私自身女が苦手かというと間違っても得意ではない、かといって「私、女といるより男といる方が楽で、男友達の方が多いんだよね」というタイプでもない。

そしてまず女はこういうことを自分で言う女が大嫌いである。この一言だけで「自称サバサバ系自慢」「男友達が多い＝モテ自慢」「死ね」というところまでいけるのだ、もちろん本人にそんなつもりがあろうがなかろうが、だ。

たった一言でここまで嫌われることができるのだから、女が女の中で生きていくというのは、1メートル間隔で地雷が埋まっている平原をノーヒントで歩くに等しい。

では、女が苦手ならわざわざそんな危険なコミュニティに入らずいっそ一人でいればいいじゃないかと思われるだろうが、女が女の中に入らず一人でいるというのは地雷が埋まる平原以上にハードモードなのだ。

私も中学入学時、どこの女子グループにも入らず、というか入れず、教室に絶えず一人でいた。するとどうなったかというと、担任が抜き打ちで「お宅の娘さん友達いないみたいなんすけど」と家庭訪問に来たのである。

一人でいるのもそれなりにつらかったが、思春期に、親に友達がいないとバラされるつらさに比べたらどうということはない。女が女の中に入れないとこのような辱《はずかし》めと、生涯消えないトラウマを背負わされるのである。

さらに担任に「カレー沢は友達がいなくていつも一人でいる」と言ったのはクラスの女子である。小・中学校で女子が一人でいるというのはもはや通報案件なのだ。大体、私に友達がいないのが心配なら、自分がなってあげればいいのに、それは嫌だったようだ。これぞ女子の恐ろしさである。

つまり、本人がどんなに一人がよくて一人でいても、教師から見れば「要注意生徒」であり、他の女子からは中途半端な同情、または好奇の目で見られるのである。

そんな目に遭うぐらいなら多少無理してでも、どこかのグループに所属した方が楽だと考えるだろう。

つまり、銃弾が飛び交う危険地帯から逃れるため女というシェルターに入ったら、シェルターの中にクソほど地雷が埋まっていた、という話なのである。

女はどれだけ女が苦手でも、その中に入らないとそれ以上に嫌な思いをすることがあるのだ。

正直、男が苦手なら、少なくとも学生時代なら全く関わらなければいい。私は女友達も少ないが男友達は皆無に等しい。しかし男友達がいなくて困った局面は一度もない。

逆に女友達がいないと、ジャージを忘れたといっては困り、体育で3人組を作れと言われては困るのである。「授業でどうしてもキンタマが必要になった」ということがあれば、男友達の必要性が出てくるかもしれないが、そういう場面はなかったし、それは親友クラスでも貸してくれるか疑問である。

それにただ男友達がいないだけだったら、担任だって家に来なかっただろう。

もし教師に「お宅の娘さん男友達が一人もいないみたいですが、大丈夫ですか」な

ど言われたら、モンスターじゃないペアレントでもモヒカンジープ［★1］で学校を焼き討ちしに行くだろう。

そもそも女が「男に好かれない」という問題は「モテない」の一言で片付く場合が多いが、女が「女に好かれない」というのは「銃口がこっちを向いた」「ヒグマと目が合った」という意味になる。

よって女は、女が苦手、もしくは苦手な女がいる集団でも、そこに入ることを余儀なくされるし、さらにそこで上手くやっていかなければならないのだ。

危険から逃れるために土管の中に入ったら、そこにはハンマーを投げてくる亀とか、口から炎を吐いてくるデカい亀がいたという、女の人生はリアルスーパーマリオなのである。

次回からは、女の世界にはどういうクリボーやクッパがいて、マリオはどうそれをかわしたり倒したり、時にはぶっ殺されてるか、を話せたらいいと思う。

［★1］世紀末の鉄板モテファッション。巻き髪甘めのワンピ、と同義。

サバサバ系

「私、サバサバ系なんで」というアピールは「私、女ボスゴリラなんで」という自己申告

前回さも書きたいことがある、という引きで終わったが、当然ない。よって、担当に次から何を書けばいいか、と問うたところ「猫とからあげの話をしていい」とはもちろん言われず「まずタイプ別で語ってはどうか」と提案された。

つまり「サバサバ系」「ゆるふわ系」など、今までのそういう奴らと接した経験を踏まえ、系統別に女をやり玉に挙げていき、火あぶりにしろというわけである。

確かにスタンダードなやり方だが、ここで大きな問題が生じる。多分私はサバサバ系にもゆるふわ系にも会ったことがない。何故ならひきこもりのコミュ障ゆえ、今まで接してきた人間の数が、常人より遥かに少なく、そんなに色んなタイプの女と出会ったことがないのだ。

また、こういったテーマは人間観察が得意な人間が手腕を発揮するのだと思うが、当方人間観察どころか、極力人と目が合わないように、常に人と人との間の虚空を眼球すら動かさず見つめているヤバい人なため、ますます人が近寄ってこない。

つまりこのテーマは、書きたくない上に、向いてもないという全方位に不幸な話であり、暴力を用いてでも「猫とからあげのこと以外は書かない」と言い張るべきだったのだ。

そもそも「女が苦手な女」というテーマであるが、普通「この女苦手だな」と思ったら、必要最低限の関わりしかもたないように努めるはずで、間違っても「観察、理解してやろう」とは思わないはずだ。そんなの「この虫、超気持ち悪い！　よし！　ひっくり返して足が何本あるか数えるぞ！」と言い出すのと一緒だ、ド変態である。

しかし、会ったことがないから書けないというわけではない。今まで私はリア充に対する怨嗟《えんさ》をたくさん書き綴ってきたが、リア充に会ったことがあるかと言えば、具体的に思い浮かばないし、少なくともリア充にこんな苦汁を舐《な》めさせられた、という経験はない。

じゃあ何にそんなに怒ってきたかというと、自分の脳内にあるリア充のイメージにである。

自分の作りだしたリア充の幻影に、本気で怒り、嫉妬し、時には涙を見せてきたのである。


つまり具体的に会った記憶はなくても、偏見とネット知識で作りだした女のイメージに、マジギレしていけばいいのである。

妄想とは楽しいことを考えることだと思うかもしれないが、このように、己の作りだした幻と一生戦い続けるだけの人生もあるのだ。それに、そういうことをしているうちに「そういやあの女は○○系だった」と過去の記憶（全部黒歴史）が蘇るかもしれない。


前置きが長くなったが、今回は「サバサバ系女」についてである。

これを聞いてイラッときた人は多分サバサバ系女より「自称サバサバ系女」の方を先に想像してしまうからだと思う。

自称サバサバ系女とは「私ってサバサバ系だから」と、己のガサツさをあたかも長所のように言い、さらには、サバサバ系だから人に無礼な物言いをしても悪気はないから許してね、と暗に言っているような女だ。

自己申告すれば何でも許されるとしたら「私、窃盗団だから」と言えば、店の商品を次から次へと軽トラに積み込んで良いことになってしまう。

ではそういう輩《やから》ではなく、本物の「サバサバ系」とは何か、いつも通り私の唯一の友、グっさん（グーグル）に聞いてみた。

サバサバ系女とは：言いたいことをはっきりと言う、適当でズボラ、姉御肌、気に入った人間には世話を焼くが、そうでない人間には時に攻撃的、粘着はしない、嫉妬心も薄い

自称サバサバ系もヤバいが、本物のサバサバ系も結構厄介なタイプであることがわかった。適当でズボラなのがサバサバ系なら私も完全にサバサバ系であり、飯を食い終わった皿をそのまま床に直置《じかお》き放置するほど、サバサバしている。

おそらく、サバサバ系を褒め言葉として使う場合は「姉御肌で粘着性がない」の部分だけフィーチャーして言っているのだろう。

冒頭、サバサバ系には会ったことがないと言ったが、あれは嘘だ。この性格は女子グループを仕切っている女の性格そのものであり、学校でも会社でも必ず一人はいる。

どうやらあれはサバサバ系だったようである。

つまり「私、サバサバ系なんで」というアピールは「私、女ボスゴリラなんで」という自己申告であり「気に入らないことがあるとウンコ投げつけるから、気をつけな」と注意喚起しているという意味ではかなり親切である。

私はというと、言いたいことが言えない、そもそも言いたいことすらない、ポイズン系［★2］である。

若い人には全くわからない例えだと思うが、とにかく、言いたいことを言えないのはポイズンなのだと覚えておけば、年配と付き合う時役立つのでメモっておこう。

サバサバ系とポイズン系の関係はほぼ主従である。サバサバが「こうしよう」とでかい声で言ったことに対し、ポイズンは文句が5兆ぐらいあっても、もちろん言えないので、サバサバに従うしかなく、さらに、気に入らない者には攻撃的なサバサバ系に嫌われたら一大事なため機嫌を取る。

つまりクラスにいる、RPGに出てくる山賊団みたいな、ボスと手下で形成された女子グループはサバサバとポイズンだったのである。

サバサバと付き合うコツはとにかく同調である。私はサバサバに気に入られたこともないが、敵にされたこともない。

しかしこの同調の仕方にもコツがある。

その昔、サバサバ系が「○○子ってホントオタンコなすだよね」と他のクラスの女子の悪口を言ったので、ポイズンである自分は「オタンコなすだよね」と同調し、さらに調子を合わせ「○○子ってひょうろくだまだよね」と言ったところ、「私が言ったこと以外は言わなくていい」とマジで怒られたのだ。

つまりサバサバ系と付き合う時は「100%の同調かつ、自分の意見は1ミリも入れない」ことが重要なのだ。もはや言語すら話さない方が良い。「わかる」と言ったら「そこは『せやな』

だろ」と言われる恐れがある。

よってサバサバ系が何か言ったら「半笑いで、鼻から空気を出し何か音を出す」が正しい、サバサバ系はこれを「全肯定」ととるはずである。

つまりポイズンはサバサバと一緒にいる時は「陰気な赤べこ」になるのが一番間違いがない。


ではポイズンはサバサバにひたすら搾取されつづける存在かというと、そんなこともない。

ポイズンが言いたいことを言えないのは、発言したら反論される恐れがあり、それを何より恐れているからでもある。

しかし、その言いたくても言えないことをたまにサバサバが代わりに言ってくれるのである。しかも言ったのはサバサバだから発言の責任はサバサバにあり、攻撃されるのもそいつである（サバサバは言いたいことを言う分、敵を作りやすいという側面もある）。

ポイズンは、そういう時だけ「DA・YO・NE!!」［★3］と、暗黒赤べこからEAST END×YURIぐらいのテンションで尻馬に乗り、さらに攻撃は全部サバサバが受けてくれるというボーナスステージに突入できるのである。

これは、言いたいことがあるけど自分じゃ言いたくないから、ツイッターで自分と同じ意見のツイートをリツイートするのと同じである。

自分とは全く真逆の存在と思っていたサバサバ系であるが、こう考えると、かなり昔から共存関係だったということがわかった、今も、同意見だが敵を作りそうなツイートに全力で「いいね」しながらそう思う。

［★2］反町隆史氏の名曲「ＰＯＩＳＯＮ」より。言いたいことが言えない世の中は、ポイズン、異論は認めない。

［★3］１９９４年発売曲。景気回復の兆しっぽい曲だが、そんなことはなかった。

ゆるふわ系

人を拒絶しないゆるふわ系の塩対応というのは、とてつもない破壊力がある

今回のテーマは「ゆるふわ系」である。

「ゆるふわ系」というのは、そういうファッションを指すことも多いが、最近ではモテ系の格好&ふるまいをしている女の代名詞として使われている場合も多い。よってゆるふわ系は時に女の敵のように扱われ、発見次第「いたぞ！　ゆるふわだ！　殺せ！」となる場合も多く、最近、流行りのモンスターをゲットするゲーム〔★4〕なら、ゆるふわ系はすぐさま乱獲され、それらを捕まえたボールはそのまま焼却炉にGOである。

今まで私は、脳内で、想像上のリア充を何万回とトレーラーで轢《ひ》いてきたが、それと同じくらいゆるふわもナパームで爆殺してきた。しかし、あくまでそれは「男の前

でだけゆるふわを装う狡猾《こうかつ》な女」というイメージとの戦いであり、実像のない物を粉砕し、額の汗をぬぐいながら「勝った……」とか言っていただけである。

現実世界では、さすがにそんな絵に描いたような悪いゆるふわには会ったことがない。いたとしても、そういう計算ずくのゆるふわは、私みたいな女には一番用がないだろうから、関わりが一切ないのである。

しかしそういうブスの脳内でよく虐殺されているゆるふわではなく、真のゆるふわ系に私のようなタイプは意外と昔から世話になっている、というか現在進行形で世話になり続けているのである。

男がバンドを組めばモテると思うのと同じぐらいの知能指数の低さで、女も髪をゆるっと巻いて、ふわっとした甘めのワンピさえ着ればモテると勘違いしてしまう時がある。しかしゆるふわというのは、そういう見た目のことをいうのではない。見た目ではなく雰囲気、オーラのことだ。

もちろん「ぽややんとしている」等、肛門期丸出しな佇《たたず》まいではない。それは頭がゆるいだけだ。ゆるふわとは人を受け入れる雰囲気のことである。

我々コミュ障に友人が少ない理由の一つは「とにかく拒絶されたくないから」である。自己評価が低い割に人一倍自分が可愛いため、自分のような者が話しかけたら嫌な顔をされて傷つくに違いないと思い込み（錯覚ではなく嫌がられている場合も多々ある）人に話しかけることができない。

故にコミュ障は「こいつなら拒絶しないだろう」という人間を選んで話しかける、それがゆるふわ系なのだ。

つまり、キツさがない、誰に対しても割と優しく対応する、そして隙があるのが真のゆるふわ系だ。

もちろん、コミュ障じゃなくても、人は自分を受け入れてくれる人間を好きになるものだ。よって、ゆるふわ系は事実モテる、そして男女問わず人気者的ポジションになるのである。

しかし、それもいいことばかりではない。まず、私のような人間が群がってくるという時点でデメリットの方がでかい。またそういう相手に対しても割とまともに対応してしまうのがゆるふわ系だ。よって、ゆるふわ系は日々マドハンド［★5］に囲まれていると言ってもいい。

異性関係でもそうだ。全世界の女に無視されているような男も拒絶しないため、そういうタイプに惚れられてしまうのだ。

除霊師にすら500年無視され続けた地縛霊にうっかり声をかけてしまい「お、俺が見えるのか?」と懐かれてしまうのがゆるふわ系なのだ。

仕事上でもゆるふわ系は被害が多い。私も平素は会社員かつボケナスなので、仕事で失敗をすることが多い。そんな時まずやるのが「隠す」だ。怒られるのが大嫌いだからである。そして取り返しがつかなくなったころに隠したものが発覚し、もっと怒られるというのが、私のスタンダードビジネススタイルだ。

しかし、職場に話しかけやすい、確実に怒らないとわかっている、ゆるふわ系がいれば、相談するのだ。相談されたということは、そのトラブルに巻き込まれたと言ってもいい。

もちろん相談を持ち掛けてくるのは私だけではないだろう、よって人の良いゆるふわの人生は、他人の虎舞竜［★6］に巻き込まれるだけで終わることもままある。

だがコミュ障にとっては、こういう人間が仕事場にいるかいないかで、やりやすさが全く変わるので、実に貴重な存在なのである。


一見ゆるふわ女というのは、モテない非リア女の天敵のように見えるが、それは相手を選んで、態度や股をゆるふわできる女のことであって「ダメだ！　己のゆるふわを制御できない！」という生来のゆるふわに対しては、むしろ非リアの方こそ頼っていることが多いのだ。


しかしそういうゆるふわ系でも菩薩《ぼさつ》ではないので、あまり調子に乗って頼ったり、どうでもいい愚痴ばかり言うと流石にキレることもある。

平素怒らない人間が怒ると怖いように、人を拒絶しないゆるふわ系の塩対応というのは、とてつもない破壊力があり「人として終わった感」を味わうことができる。

もちろん、そんなことはめったにないのだが、私はこういうゆるふわ系を2回ほどキレさせたことがある。逆にこれは長州力をキレさせる［★7］ぐらい大したことなので、何かあった時は「俺はゆるふわ系を2回もキレさせた人間やぞ」と見栄を切りたいと思う。


［★4］ポケモンGO。書いた時は流行っていたが、今はあんまり聞かない。

［★5］ゲーム『ドラゴンクエスト』のザコキャラ。ただドラクエの世界ならまだ経験値稼ぎに使える。リアルだと正真正銘のザコ。

［★6］高橋ジョージ氏率いるバンド。何でもないようなことが幸せだったと思う、と気づいた時にはとんでもないことになっている。

［★7］こいつをキレさせたら大したものなのだ、誇っていい。

サブカル系

実態がはっきりしないのに、理由もなく好感度が低い

今回のテーマは「サブカル系」である。

この「○○系女シリーズ」思った以上にバリエーションがなく、すでに次回書くことがない。よって次は、彗星の如く現れ、一瞬でスターダストになった「マシュマロ系女子」の話を「黙れデブ」の一行で終わらせ、あとは満を持しておキャット様とからあげの話をしたいと思う。

そうと決まれば、もう今回はここで終わって、早く次回の原稿が書きたい。そもそもみんな、サブカル女の話など聞きたくないだろう、好きか嫌いかと言われたら嫌いなはずである。

このように、サバサバやゆるふわより、さらに実態がはっきりしないのに、理由も

なく好感度が低いのがサブカル系女である。

そもそもサブカル系女とは何か、実は私もよくわかっていない、とりあえず黒髪公然猥褻《わいせつ》カットにデカい黒縁メガネ、ヘッドフォンか一眼レフをぶら下げている女、という漠然としたイメージしかない。

そこで、このコラムを書くにあたり、改めてサブカル系女がどんなものか調べてみたところ、本当に男性器ヘッドで、ヘッドフォンや一眼レフを首にかけてないとまっすぐ歩けないのがサブカル女らしい。

サブカルとはサブカルチャーの略で、王道や、流行り、売れ線からは外れた文化のことを指し、それらを好むのがサブカル系である。

売れ線じゃないという点で言えば、私の漫画もサブカル系になるのではと思ったが、サブカルというのは、売れすぎていてはダメだが、全く売れていないのもダメらしく「わかる人にはわかる」ものでなくてはならないようだ。私のように「誰もわからない」ではサブカル系とは言えないのである。

つまり流行を追う没個性的モテ系女と対極をなす、個性的で玄人《くろうと》好み、自分の世界を持っているのがサブカル系女ということになる。

しかし個性的といいながら「単館ものの映画を観てる」とか「香を焚いてる」等、ある意味モテ系女よりはっきりとしたテンプレが出来上がってしまっているような気もする。

しかし、個性というものは極めると「変態」になるため、個性的であれば人生の大半を、職質か、身元引受人待ちの時間に費やすことになってしまう。日常生活を支障なく過ごすためには「どこかで見たことがある個性」ぐらいにとどめておかなければいけないのである。

おそらくこの「個性」とか「自分の世界」「わかる人だけがわかる」というようなワードが鼻につくため、サブカル系女は何となく嫌われているのだと思う。

しかし、思い返すと、私は若いころ、このサブカル系になりたかったのだと思う。

もちろん、空の写真にポエムつけてえ、足元の写真撮りてえ、隙あらば日常を切りとりてえ、と思っていたわけではない。

普通とは違う、かつ、オシャレな人間になりたかったのだ。

私のようなオタク系がデビューしようとする時、素直にモテ系に行く者もいるが、彼岸（個性的）の方へ行ってしまう者も多い。

何故なら、オタク系はモテ系の女にバカにされてきたか、もしくはオタク系自身が

モテ系の女をバカにしてきたため、いざデビューする時になっても「あいつら（モテ系）と同じになってたまるか」という意識が働く上に「むしろあいつらの上を行く」と思ってしまいがちなのである。

そして、何で上を行こうとするかというと「個性」だ。その結果、モテ系の大きく下をくぐることになるのである。ちなみに、奇抜な格好が「個性的」と見られるか、「仮装大賞」と言われるか、どこで決まるかというと、センスではない、着ている奴の顔だ。この時点でお察しくださいであり、きゃりーぱみゅぱみゅと同じ格好をしているブスがいたらとりあえずその頭部についている、謎の魚類オブジェをちぎって隅田川に放流してやりたくなるのと同じだ。

個性的ファッションはブスの逃げ道と言うが、大体逃げられていないし、むしろ奇抜な服という名のガソリンをかぶって、火柱につっこんで行っているケースの方が多い。

もちろん20歳前後の私も、甘めのワンピースなど着ずに、派手なデザイナーズブランドを着ていたところ、私の中学生時代の体操服を着た祖母に「そんな格好で外に出るのか」と言われた次第である。

さらに、大人しくタートルヘッドにしておけば良いものを、そういったサブカル女さえ凌駕《りょうが》したかったらしく、その上にキツいパーマをかけていた。真珠入りである。

しばらく、そんな女泣かせ（主に母親）なスタイルをしていたが、その後、普通の会社に就職したため、その明らかに公序良俗に反している頭だけはストレートに戻した。

すると、会社の男性に「ストレートにしたんだ。ところで前の頭は何のつもりだったの？」と言われた。どうやら正気を疑われるレベルだったらしい。

その後「どういう理由であの頭だったのか」とも、問われた。どうやら、罰ゲームか宗教上の理由で、やむにやまれずあの頭にしていると思われていたようだ。

このように、個性的ファッションを勘違いすると、モテ系を失敗するより遥かに深く石板に刻まれる黒歴史が誕生するのである。

こうして私はサブカル系にはなれなかったのだが、よく考えてみたら、本当に個性的でおしゃれで自分の世界がある人は「サブカル系」などとは言われず、単にオシャレな人、カッコイイ人、センスのある人、と呼ばれている気がする。サブカル系というのは、それらを目指そうとして、痛くなっている人の総称なのかもしれない。だとしたら、あの時の私は立派なサブカル系だった。奇しくも目標を軽くクリアしていたのである。

キラキラ系

田舎では、キラキラしようとすればするほど「蛾《が》」っぽさがでる

○○系女子って言うほど種類ねえから、次はおキャット様とからあげの話をする、と言ったところ、担当から大量の○○系女子の資料が送られてきたのが約2週間前のことである。言うほどいたのだ。

しかし多くの○○系女子と、その説明を見てわかったことは、どれも全部肯定的な意味では使われていないということだ。むしろ「○○系女子」という言葉自体が半分悪口なのである。

おそらく、女が自己改革する時、最初から「私は○○系女子になる」と思ってやりはじめる奴は少ないはずだ。なりたい自分になる、少しでも自分を好きになりたい、そんな女のやる気が「○○系」でカテゴライズされ、その特徴、痛さを箇条書きにさ

れてしまうのだ。

向上心が「痛い」「必死過ぎ」と言われてしまうのも、女の生きづらさの一つではないだろうか。


前置きが長くなったが、今回のテーマは「キラキラ系女子」だ。

「君をイラつかせるために　僕は生まれてきたんだ」と思わず少し前に解散したグループの歌調で言いたくなるパワーワードだ。


しかし、このキラキラ系女子に関しては、イラッとするのは確かだが、そこまで腹は立たず、逆に半分は尊敬が入ってしまうのも事実だ。

まず私の周りにキラキラ系女子はいない、皆無だ。

まず地方にそれはいないのである、むしろ私が住んでいるような田舎では、キラキラしようとすればするほど「蛾」っぽさがでる。

つまりキラキラ女子になりたいなら「一刻も早くここを脱出する」のが急務なのだ。

何故なら担当から送られてきた「キラキラ系女子の特徴」にはこう書かれている。

仕事も私生活も充実している（お嬢様系の女子大、都内私立大を出て、アメーバ、サマンサタバサなどに勤務）

やはりキラキラ系と言えばサマンサタバサらしい。確かにバイオゴリラ［★8］がよく粉砕しているのもサマンサタバサのポーチだ。

念のため調べてみたが、わが県にはサマンサタバサの店舗はゼロである。勤務はおろか、買い物すらできないのだ。

車で3時間かけて隣県のパルコにあるサマンサタバサで買い物している女はキラキラじゃないだろうし、バイオゴリラもそんな女のポーチは粉砕しないはずである。

私がキラキラ系女子にあんまり腹が立たないのは、このようにあまりにも遠い存在だからだ。

近所の小金持ちの家に停まっているレクサスはストⅡのボーナスステージ［★9］ばりに破壊したくても、どこかの石油王が持ってる自家用ジェットは爆破する気にならないのと同じである。

私がバイオゴリラなら、サマンサタバサのポーチより、オタサーの姫が被っているアンクルージュのベレー帽を粉砕する。

他にもキラキラ系女子の特徴は、【朝ヨガをして髪を巻いて出社。広報やマーケティングなどの華やかな仕事をし、チームでやる仕事が得意。夜は女子会や、「パーティガール」と称して人の集まりに出没、その様子をＳＮＳに載せることも忘れず、もちろん自撮りも得意、変顔にもキメがあり、自分を可愛いと思っている変顔だと仲間はずれにされるので、変顔は思い切りやる】そうである。

すげえなお前、としか思えない。妬ましいという感情よりも、無理だ、疲れそうという感想の方が先に出てくる。

その名の通り、キラキラするには電

力がいるのだ。並の女がキラキラしようとしたら、3日で電池が切れて、本屋で「スローな生き方」みたいな自己啓発本を山ほど買い込むに決まっている。

私は自らのことをキラキラ系女子の対極として「消灯おばさん」と称したことがある。暗いところから出なければ、だらしない自分を人目にさらすこともないし、自分も自分の姿を見ずに済む、光というのはもはや恐怖でしかないのだ。

そういうタイプは、めったに明かりをつけない上に、豆電球、電池は単四なので、キラキラ系女子と同じようなことをさせると、一瞬で電池切れどころか、電球自体が爆発四散して、二度と明かりがつかなくなる。

どちらが女として偉いかは一目瞭然であり、キラキラ系女子の電池は強力な充電式な上、LEDなのである。

しかし我々が一番目にする「SNS上のキラキラ系女子」というのは実は本物のキラキラ系ではない場合も多いそうだ。リアルの世界で本当に輝いているなら、わざわざネットで、自己顕示欲を満たしたりマウンティングをする必要はないからだそうだ。

確かに、ネットというのは自分を演出しやすい場である。意識が高い、思慮の深い人だと思われたかったらツイッターなどで「深そうで深くない、何か言ってそうでやっぱり何も言ってない」ラー油みたいな発言をしていれば、それとなくそう見えるものである。

よって、私もツイッターだけならキラキラ系女子になれるのかもしれない。

まずは車で３時間かけサマンサタバサのポーチを買い、それをバイオゴリラに破壊されたのち、パーティに出席する。ちなみにパーティとはどこの公民館でやっているのだろうか？　はたまた商工会議所であろうか？

やはりＳＮＳ上だけでもキラキラするのは楽ではない。本物だろうが、なんちゃってだろうが、キラキラ系女子は偉い。


［★８］ツイッター上に突如現れた謎のゴリラ。主にしゃらくさい女を、サマンサタバサのポーチと一緒に粉砕してくれる救世主《メシア》。

［★９］無抵抗の乗用車を執拗に殴打することによりポイントがもらえる野蛮なゲーム。

意識高い系

「ノマド」という言葉にびしょ濡れになったタイプ

今回のテーマは「意識高い系女子」だ。

「意識高い系」、すっかり市民権を得た悪口だ。むしろ「系」という言葉さえつければ何でも悪口になる法則が成り立っているような気がする。

「美人」はいいが、「美人系」というと、美人じゃないのにイイ女ぶってる感が出てしまう。

「系」をつけることにより、ヴィトンがヴィトソに早変わりなのである。

よって「意識高い系」も「意識だけ高い系」と同意義と見なされがちだ。

では具体的に、意識高い系女子とは何か、担当から送られてきた「○○女メモ」を引用する。これをコピペするだけで尺が稼げるという優れものだ。

ＳＮＳが好き､｢○○さんの知り合い｣など、人脈を作りたがる。○○会（憂鬱な水曜だからパクチー食べよう会など）、異業種交流会などをやりたがる。政治、貧困など社会問題に関心があり、ＳＮＳでリツイート。

ことあるごとに自分の本当にやりたいことってこれかな、と悩みだし、将来の夢は、日本をちょっとよくしたい、など具体的にはわからないけど壮大。起業、世界一周、自分らしい働き方、など仕事で何かを成し遂げたい。愛読書は自己啓発本や起業家の自伝。

スタバやカフェでＭａｃいじる自分が好き。マルチ商法にはまりがち。ＳＮＳで女や恋愛にまつわる迷言をたまにつぶやく。シャンパンを「泡」と呼ぶ。

見ているだけで疲れる、海外版のレッドブル飲み過ぎで肝臓壊しそうなタイプだ。この高みを目指している感は、キラキラ系女子に通じるものがある。しかしキラキラ系が目指すのはもっと女子寄りで、目指すところはセレブな気がする。

意識高い系は、モテとか金とかはいいから「自分らしく生きる」「何かを成し遂げる」ことに重点を置き、さらにそれが他人から見てクールでスタイリッシュでありたいと思っているタイプだ。

つまり、数年前「ノマド」という言葉にびしょ濡れになったタイプである。たとえ業務内容が、デバッグだろうが、エロゲーの局部に延々モザイクを入れる仕事だろうが、それをスタバでＭａｃを「カタカタカタカタ……ッターン！」とやりたいのだ。

たとえ偉業でも、鼻の穴よりでかい鼻クソを出したとかではダメなのである。むしろそういうことは出来ても黙っている。

「自分らしく生きる」というのも、バナナを食いながら、日々木から木へ飛び移る忙しい毎日で、強そうなゴリラは大体友達、という生活だと、いくら「ありのまま」でもダメである。

シンプルだけど上質な、カレーうどんとか一生食わないと神に誓ったかのようなワードローブを身にまとい、コバエコナーズとか置いてない、無印良品の店内かよ、というような生活感ゼロの不自然な部屋で「これが私の自然体の暮らし」と微笑むのが意識高い系が目指す「自分らしさ」なのだ。

　つまり内容はともかく（本人もわかっていない場合が多い）、総じて自分の満足度が高く、他人の目から見ても「カッコいい生き方」を追求しているのが意識高い系だ。

　これは、キラキラ系とはまた別方向で苦労が多そうな生き方である。何故なら、プライドと意識は低い方が生きやすい。

　例えば「マンガリッツァのモノマネをすれば命だけは助けてやる」と言われたとする。すると、おそらく大半の人間がマンガリッツァ［★10］を知らないため、全滅する。

　全く例えになってなかったので、も

う少しハードルを下げて「ウンコを食ったら助けてやる」と言われたとする。ハードルと一緒に、このコラムの質も地に落ちた気がするが、とにかくそう言われたとする。

まず、本当にプライドと意識が高い人間はここで死を選ぶだろうし、たとえ食って生き延びたとしても、自分は意識とプライドが高いと思っていた人間であれば、この「食った」という事実が一生人生に影を落とす。

それに対して、プライドも意識もない人間は次の日食ったことを忘れるか、食ったことを持ちネタとしてワタミで披露、生中ジョッキ片手に「割と甘かった!」などと言っているのである。

人生で起きるさまざまなことは、自分自身さえ笑い飛ばしてしまえば、他人から見てもたいしたことではなくなる。ただ、意識とプライドが高いと、笑い飛ばせないことが多くなる一方なのである。

不遇な立場に立たされれば「自分はこんなところにいる人間じゃない」と思い悩むし、他人からぞんざいな扱いを受ければ屈辱と感じ、傷つく。

「自分はこんなもんじゃない」と思いながら生きるのは「私はこの程度」と思って生

きるよりずっとつらいことである。

しかしそれは本当に意識とプライドが高い人の話であり、意識だけ高い系の女は、実情はともかく、とにかく「何か良さげ」に見えればよいと思っているので、「スタイリッシュなマンガリッツァのモノマネ」や「私らしいウンコの食い方」を研究したりと、割とたくましくやっているのかもしれない。

［★10］ハンガリーで飼育されている希少種の豚のこと。

バターケーキ女

上を目指しすぎるとウシジマくんだし、下を見すぎると指毛生え放題である

今回のテーマは「バターケーキ女」である。

まず聞きたいのだが、お前らこの女のことを知っているか？

私は全くの初耳であったので、私の質問に唯一舌打ち以外で答えてくれるグーグル先生に聞いてみたのだが、結果一向に出てこないどころか「ほっそり女子が食べてるスイーツベスト5」などという、ほっそりしたいのにスイーツを食おうという貴様の発想がまずスイート、としか言いようがないクソトピックが出てくる有様である。

おそらくバターケーキ女はまだ浸透していないか、出たての言葉なのだろう、深海魚の如く毎年新種の女が発見されるのだから仕方がない。

しかしあまりにも出てこないので、よもや貴様（担当）が今作った言葉じゃないだ

ろうな、と思いつつも、まずは担当が添付してきた「バターケーキ女」の説明を見ていきたいと思う。


「キラキラ女子」の劣化版。地方都市や郊外に住み、市役所や中小企業に勤めている。これといった自分がないけれど、この街で輝きたい欲はある。

女の子っぽいアイテムを使っているものの、その愛用品はキラキラ女子愛用ブランドのパクリの安物で、これらをネット通販で買いがち。インスタなどキラキラ女子が好んでいることをマネしてみるも、垢抜けない。軽自動車に乗っている。

目立つことを嫌い、まわりも同じようなタイプで固めて集団行動を好み「ウチらってモテないよねー」と言いながらも、海に行けば、内心「こいつらよりはイケてるだろ」と思っている。


今作ったにしてはディテールが細かすぎるし、もはや怨念すら感じる。中2の時ノートに描いた「俺が考えた最強の異能力者」だってここまで設定が多くなかったと思う。

実はこれでも半分ぐらいには削った。全文載せると、原稿料は担当に払うべきという話になりかねない。

どういう女か、というのは必要以上によくわかったが、それにしてもバターケーキの由来がわからない、もはや担当の個人的恨みとしか思えない。おそらくこういう女に後頭部をバターケーキで殴打されたことがあるのだろう。

しかしこのバターケーキ女、一見田舎でキラキラ女子の真似事をしている安っぽい女のように見えるが、割と悪くないようにも思える。

このバターケーキ女の特徴を見て「これアタシのことじゃん」と思った女は、多分自分の人生をすごくいいとは思ってないが、悪いものとも思っておらず、そこそこ満足しているのではないだろうか。

バターケーキ女と、ただキラキラ女子になりたくてなれない、切れかけ蛍光灯女との違いは、身の程をわきまえているかどうかだと思う。

キラキラ女子や都会に対する憧れはあるし、出来れば地元の山中運送（株）、とかではなくサイバーエージェントで働きたい、とは思っているが、実際、都会に住みサイバーエージェントに入社し、本物のキラキラ女子に囲まれて仕事などしたら、瞬時

にメンがヘラってしまう、ということは理解しているのだ。

よって、山中運送（株）総務部のまま、やりがいとかクリエイティブとかとは無縁の仕事をしつつも、なんとなくおっさん連中に可愛がられ、商店街にできたオシャレ風のカフェ（隣は米屋）で、ボヤけた飯の写真を撮ってインスタに上げてなんとなく満足しているのだ。

逆にこのぐらいの女が自分の実力を見誤り、都会に出てキラキラを目指したら確実に不幸になる。女に限らず人間身の丈に合わないものを目指すと破滅しやすく、田舎ですらパッとしなかったのに、キラキラ女子や意識高い系にあこがれて上京してきた女など、

『闇金ウシジマくん』一発合格であり、すぐさま「キラキラ女子くん」編スタートである［★11］。

バターケーキ女は、決して主役にはなれないタイプだが、その分ウシジマくんの主役にもならずに済んでいると言える。

しかしこういうタイプは、常に「これでいいや」と思っているため向上心がないとも言えるし、これでいいやと思い続けていると「これで」がドンドン下がるため、足の指毛は常に生えていていいぐらいまで落ちる可能性もある。

また現状を変える力も低いため、気づいたら、手取り14万の山中運送（株）総務部のまま30年が経ち、チヤホヤしてくれていたおっさんは全員死んだ、というような事態にもなりかねない。

高望みしすぎず、なんとなく就職結婚、なんとなく幸せになっていそうなバターケーキ女だが、逆にそのルートから外れると全くつぶしが利かなくなりそうでもある。

この「身の程を知る」と「上を目指す」のバランスは非常に難しい。上を目指しすぎるとウシジマくんだし、下を見すぎると指毛生え放題である。

かく言う私も、日々自分の不遇を嘆いてしまうのは上を見てしまうからだ。確かに全く売れてはいないが、このように仕事があるだけいいと思えれば幸せなのだ。それをアニメ化だの100万部だのと比べるから不幸になるのである。
しかし自分のような人間が現状に満足すると、それがドンドン下がっていき「今日も俺は息してるから偉い」というところまで落ちる、というのも容易に想像がつくのである。

※後日確認したところ、バターケーキ女はマジで担当の造語だった。
ググりにググッた当方の時間の即刻返還を要求する。訴訟も辞さない。

［★11］真鍋昌平氏の漫画より。虚栄心を持つと闇金ウシジマくんが来る、という現代のなまはげ的民話。

オタサーの姫

大してレベルが高いわけでもない女が要領だけで上手いことやっている

前回は「バターケーキ女」なる、実在しない女について熱心に語る、というキツネに化かされた人みたいになってしまったので、今回は確実に実在するメジャーな女についてて語りたい。

その女とは「オタサーの姫」だ。

少し前にネット界隈で一世を風靡《ふうび》し、各所で議論が行われた存在である。

ではまず、オタサーの姫に関するいつもの担当メモを紹介しよう。

女は自分だけのオタクサークルやマニアックなコミュニティに所属してい

る。

「はわわ」「ぐー」など独り言に擬音を入れる。

リズリサやアクシーズファムなど、フリルやリボンがついた子どもっぽい服が好き。ロリータ気味。

男好きだが処女ぶる。男性向けアニメやアイドルが好きな私が好き、人と違う自分が好き。それらを「女の子っぽくない変わった私」アピールにも利用。

自分よりちやほやされている目立つ女の陰口を叩くなど、基本的に性格が悪い。

まず、人間を紹介するのに「性格が悪い」と書けてしまう胆力がすごい。オタサーの姫の性格が悪いというより、担当に説明させるとどんな女でも性格が極悪になる、とんだマジックタッチの持ち主だ。

しかし、世間一般のオタサーの姫に対するイメージはおそらくこんなものだろう。

だが、オタサーの姫というのは、上記のような、ゴスロリファッションに身を包んだ、中の上クラス、AKB総選挙279位ぐらいの女が、バンダナメガネのオタク男数人を引き連れて池袋を闊歩《かっぽ》しているの図のことだけを指すわけではない。

そんな愉快な存在ならいい、そういうパレードなのだと思える。

しかし、オタサーの姫とは、オタクにちやほやされて満足している女のことだけをいうのではない、コミュニケーション能力が低い男の集団の中に乱入し、一騎当千していく、オタサー無双（発売元コーエー）女の総称なのだ。


例えば、それなりに仲良くやっていた童貞グループに、大して可愛いわけじゃないがヤリマンという名の手榴弾が投げ込まれたとする。

すると童貞たちは「穴兄弟」というバンドを組み一層結束を強くする、なんてことはまずない。そのヤリマンをめぐって内部崩壊を起こす。よってオタサーの姫はサークラ（サークルクラッシャー）とも呼ばれるのだ。

このように、オタサーの姫の仕事現場は陰惨なものなのである。


またオタサーの姫が暗躍するのは、男女間だけではない。皆も学校などのコミュニティで「イケてない女グループの女王」を見たことがあるだろう。あれも、コミュ障たちをコミュ力がそこそこある人間が制圧するという構図は同じだ。

もちろん私は、無双されていた方であり、雑兵Aとして、董卓《とうたく》［★12］（姫）と目が合っ

た時半笑いするだけの学生生活だったし、今もそのポジションはあんまり変わっていない。

オタサーの姫の怖いところは「俺より弱い奴に会いに行く」という、逆ストリートファイター思想なところだ。

キラキラ系女子などは、レベルが高い人間の集団に入り、そこでの姫を目指すのだが、実力次第では自分が淘汰されてしまう恐れがある。

だが、オタサーの姫は最初から自分より下の集団に入る、進学校のビリよりドヤンキー校のトップを獲るタイプだ。徹底した「急募チヤホヤ　※チヤホヤしてくれる人間のレベルは問いません」なのである。

このように勝てる戦にしか出兵しないということは、全戦全勝、無敵ということになる。だがもちろん、勝てる勝負かどうか見極める目と、そこで立ち回る要領の良さが必要だ。

私が、以前キラキラ系女子のサマンサタバサより、オタサーの姫のアンクルージュを粉砕したいと言ったのはそこである。キラキラ系女子は「がんばってんなあ」と思えるが、オタサーの姫は大してレベルが高いわけでもない女が要領だけで上手いことやっているイメージがあるからだ。

実際はオタサーの姫も姫であるために努力はしているのだろう。だがそれが、キラキラ系女子よりさらに認めづらいのだ。

このように、無双され続けた雑兵Aとして、オタサーの姫に対しては、担当の女に対する憎悪の半分ぐらい（担当を超えると世界が滅びる）の怨嗟《えんさ》を持っていたのだが、実生活で「あっこれはオタサーの姫だ」と思ったのは2回しかない。

1回目はゲーセン。男の方は3人、大学生風で、全員メガネにカバンをたすきがけ、絵に描いたようなオタサーの姫のとりまきだ。しかし問題は姫の方であり、彼女はロリータファッションではなく、男に負けず劣らず地味であり当然のようにメガネだった。彼女たちはゲーセンのホッケーゲームに興じており、陰惨さの欠片《かけら》もなかった。

2回目は同じく男3人に女1人という構図で、1回目よりは全員見た目が垢抜けていた。しかしその集団に出くわしたのは、アニメ映画『キングオブプリズム（キンプリ）』[★13]放映後の映画館のロビーであり、全員一心不乱にキンプリのこと、むしろ男の方が熱心に登場キャラの「大和アレクサンダー」について語っていた。

結局、私の憎悪も、脳内で作り出した架空のオタサーの姫像に対するものであり、本当のオタサーの姫とその愉快な仲間たちの現場は、このようにほのぼのとしたものなのかもしれない。

[★12] 三国志の野蛮な王の代表扱いだが、乙女ゲーでイケメンになっているのを見たことがある。
[★13] ギリシャ神話でハリウッド行の電車に乗って星になったりする映画。見ると合法的に世界がかがやいて見えるドラッグ。

自分探し系

もうこの名前からして見失っている感がすごい

この本は『女って何だ？』などという大仰なタイトルの割には私に情報収集能力がないため、担当の「こんな女がいまっせ」という○○女メモ（通称：黒の書）に頼って書かれている。

そしてその初弾のメモを全部消化する前に、早くも次のメモが届いた。担当がやる気で私も嬉しいが、問題はそれが「殺《や》る気」と書くところだ。

開いてすぐに「これは元気な時しか読んではいけないやつだ」と思い即閉じた。

よく、女たちが迷走し、もがく姿をここまで冷静に分析、箇条書きにできるなと思った。98個ぐらいにバラされた死体を眉一つ動かさず鑑識する監察医である。

どうやら担当はこの世の女たちを全員殺すつもりらしい。やっと奴の目的が見えてきた。

しかし、本当に恐ろしいところは、このメモが添付されていたメールに「皆殺しだ、慈悲はない」などと書かれていたらまだ「ですよね」と納得、素直に命乞いができるのだが、「このコラムで現代日本社会で女たちが無理せず生きていくにはどうしたらいいか、ということも提唱できたらいいですね」みたいなことが書かれていたのだ。絵に描いたような「本当に怖い人は優しいことを言う」状態に、「鬼が笑っておる」とPCの前でしばし呆然としたものである。

そんな担当の新生「女逆補完計画」メモの栄えある最初に書かれていたのは、こんな女だ。

【自分探し系女】

・サブカル、意識高い系の先にある姿

・今の私は本当の私じゃないと思い、小説を書く、旅に出るなど「どこかにいる本当の私」を追い求める

・25を過ぎたら、30を前に、など、ある特定の年齢で発症しやすい。突然仕事を辞めてカフェをやりたい、海外で働きたいなどと言いだす

・仕事はお金じゃない、やりがいだと言い、「人を幸せにしたい」「ありがとうと言われたい」からと仕事を選ぶ
・結果「イオンいちおしゃれな飲食店（チェーン店）」で年間休日50日くらいで働く、やりがい搾取に引っかかる

実はこれでメモの3分の1程度なのだが、文字数を取りすぎるというより「つらい」という純粋な理由により、ここまでにしたい。

「自分探し系」。もうこの名前からして見失っている感がすごい。サブカル系や意識高い系の進化型ということだが、ピカチュウがライチュウになったはいいが「ピカチュウの方が可愛かった……」と思うのと同じだ。

そしてついに「搾取」という言葉のお出ましである、しかも「やりがい搾取」。私よりも担当の方がよほどいい言葉をドロップする、悪い意味で。

確かにこの症状（すでに病気カテゴリである）、20代後半から30前後の女が発症しやすいが、正直不治の病であり、特効薬はない。仕事があろうが、結婚していようが、子どもがいようがなる時はなるし、死ぬまでなる。

それに自分探し系というのは、いかにも暇を持て余した女が罹《かか》る病のように見えるが、実は忙しい女もなる。

暇な女が罹る自分探し病は、暇ゆえに元気があるため発想がまだポジティブであり、それこそ「元気があれば何でもできる」のようにベクトルが希望に向かっている。

しかし、忙しい女の自分探し病は、もっと切実で深刻だ。日々、仕事や家事に追われ疲弊しているが決して充実しているわけではない。しかしそんな中ふと暇ができると「何もすることがない」のである。この空虚ぶりは、筆舌に尽くしがたい。何もない女が抱える空虚より、やらなければいけないことは山積みなのに、「やることが何もない」と感じてしまう女のからっぽぶりの方がよほど底が深い。

かく言う私も、未だにこの病を発症し続けている。平素会社員をやり、家に帰れば作家業、家のことも多少はしなければいけないし、とても暇とは言えない、むしろとても忙しい。それでも、たまたま空いた時間に何もすることがないと、それでもさらに「何かしなければいけない」「新しいことをはじめなければいけない」という強迫観念が生まれる。

希望というより、焦りであり、さらに疲れているため、判断力も低い。逆にこういう女を搾取しない方がおかしいぐらいの搾取対象である。

ではどうしたらいいかと言うと、『美味しんぼ』の海原雄山［★14］に「馬鹿どもに車を与えるなッ!!」という名言があるように、「疲れている女に考える時間を与えるな」なのである。

もちろん考える間もなく働けという意味ではない、寝ろということだ。弱っている時の思考なんて、大体ろくでもない。

そういう女は「たまの休日を寝て過ごしてしまった……」とまた凹んでしまうのだと思うが、起きていて何ができたという話なのだ。そんな状態では新興宗教のキャッチにひっかかるぐらいしかできない。病気でなければ寝る以上の体力精神力の回復はない。

いつになくまじめで暗い話になってしまった。担当の「現代女性を生きやすくしたい」という志が本心なら、まず私が元気になるようなテーマをくれまいか。

とりあえず今から寝て体力を回復しようと思う。

［★14］日本が誇るツンデレキャラの代名詞。玄人ほど初期雄山を好む。

女性の生きづらさ

求められるものが超増えた

担当がやる気を出すほど私の元気がなくなることでおなじみの当コラムだが、前回担当の目的が「女性が生きづらい現代社会において、女性が楽になれる道を示したい」ということだとわかって度肝を抜かれた次第である。おそらく楽にするというのは息の根を止めるという意味であろう。

それとも、一旦人類を根絶やしにして、そこに新しい国を建てる、スクラップ&ビルド方式、もしくは焼畑か、とにかくＲＰＧの魔王の発想である。

ともかくそういうテーマだと判明してしまったのだから、その「現代社会における女性の生きづらさ」について考えていきたいと思う。

現代社会は女性にとって生きづらい。だとしたら、昔は生きやすかったのかというと、そんなことはないだろう。それに女ばかりがキツいみたいな言い方だが、男だって常に厳しかったはずだ。

そもそも、この世界が人間にとって快適だったことが未だかつてあっただろうか。昔だったら、玄関出てすぐ、マンモスと遭遇、とかあったはずだ。これは相当生きづらい、というかリアルに死ぬ。

そこから衣食住が確保できるようになると今度は「豊かに生きるべき」みたいないらんことを言う奴が現れ、それが「他人より豊かに生きるべき」となった時点で地獄の幕開けである。

女が世間から求められてきたものは長らく「結婚し、男に付き従い、子どもを産み育てる」だった。

もちろんいつの世にも、「毎晩マーシャルの匂いで絶頂に達してあたしをグレッチで殴ってみつを。［★15］」とそういう風潮に全然従わない奔放な女というのもいただろうが、それでも現代の女よりは従っていただろうし、それでいいのだ、と女自身も思っていたのかもしれない。

では現代、その生きづらさはどう変化したのだろうか。

・求められるものが超増えた

「結婚し男に付き従い子どもを産み育てろ」という求めが変わらないまま、さらに「経済のために働け、男に頼るな」という価値観までログインしてきた状態である。

会社で仕事や人間関係に悩み、家では家事、子育て、姑とかとの関係に悩まなければいけないのだ、これは生きづらい。

それにマンモスだったら、石器とかで殴っていいだろうが、上司や夫、姑をグレッチで殴ると罪に問われてしまうのだ。これは理不尽、もはや法律が間違っているとしか言いようがない。

・自由すぎてヤバい

それでも昔に比べれば「結婚し子どもを産むのが女の人生」という価値観は多少なりとも減り「お前の人生だ好きにしろ」と言われている女もいるだろう。

選択肢が多ければ迷うのは当たり前だ、そしてどの道を選んでも「自分は間違った道を選んだ気がする」という気持ちが拭えない。そして「自分探し女」の誕生である。

・何がサクセスかわからない

昔なら「ハイスペックな男と結婚」が女のサクセスだった。今でもそれは女のサクセスの1位かもしれないが、今では男に頼らず、自分自身がサクセスするのが渋いという考え方も強いし、サクセスするにも起業するとか、芸術や芸能とか種類はいっぱいある。

さらにそこに「社会的成功だけがサクセスではない、自分らしくありのままにやりがいを感じて生きることが真のサクセスだ」と言い出す奴が現れる。

一体誰がそんなことを言い出したのか、松たか子か。ともかく「ありのままで」はエルサを救ったかもしれないが、逆にその言葉のおかげで迷走している女もたくさんいるのだ。

せっかく、そこそこ上手くやっていたのに「これありのままでなくね？」みたいな疑問がかすめたが最後、またしても「自分探し女」の爆誕だ。

つまり「生きづらさ」自体は変わっていない。時代に合わせて質が変わるだけであり、特に現代では生きづらさの種類が増えたのだ。

つまり「当地獄では今まで血の池地獄のみでしたが、皆様のご要望にお応えして地

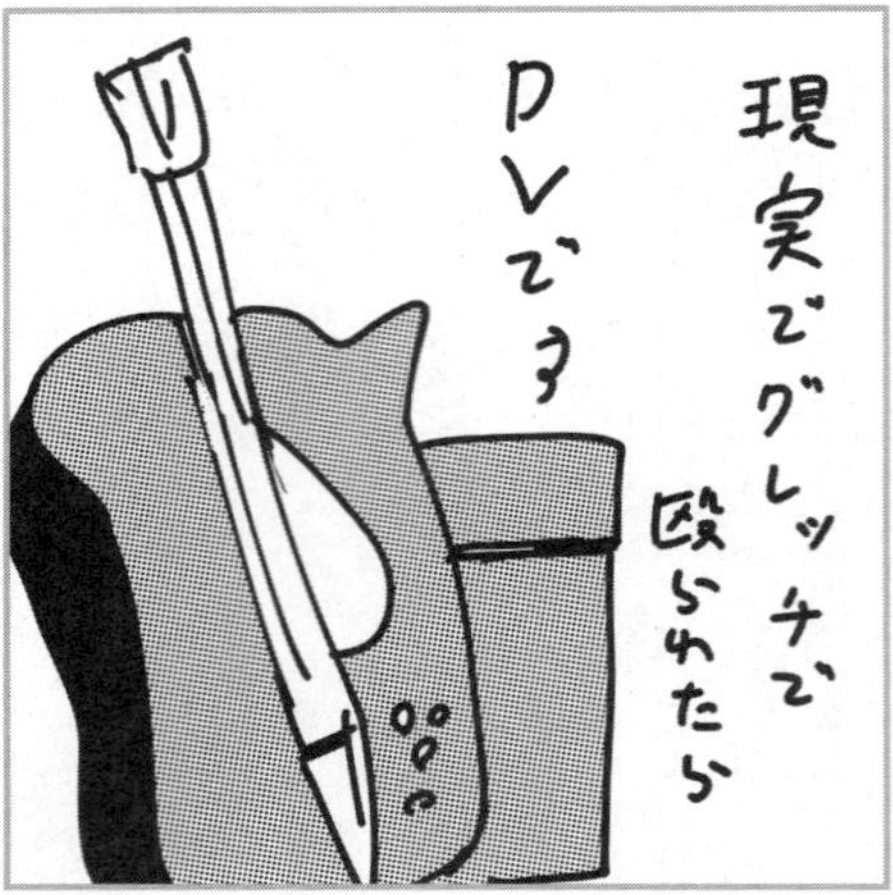

獄ラインナップを充実させました」ということである。

そしてその地獄は、全国から地獄るるぶ片手に「自分探し女」が訪れめぐっていくという一大テーマパークになっているのだ。ディズニー超えも遠くない、USJは多分もう超えている。

このままでは「イカれた地獄を紹介するぜ！」というメンバー紹介だけで終わってしまい、そこから出る方法が書かれていないという、ただのヘルコラムになってしまうのだが、もちろん私自身もそんな方法知らない。

ただ、言えるのはみんな「自分と世界に期待しすぎ」なのではないだろうか。

一人暮らしのいいところは、とにかく自由で快適なところだ。

それを考えると、我々は地球という一戸建てに70億人で暮らしているのだから、この時点で快適なはずはない。さらに日本なんて、便所の個室に1億2千万人が暮らしているようなものだ、たこ部屋とかそういう騒ぎではない。

しょせん自分の住む世界は便所で、自分はそれを1億2千万人とルームシェアしてる人と思えば、少しは楽になるのではないだろうか。

［★15］「丸ノ内サディスティック」より。俺たち世代は一生椎名林檎を引きずって死ぬ。

ウェイ系

「田舎で、30過ぎて、EXILEみたい」。役満である

このコラム、いつも内容が暗くなるというが、それは私が絶対暗くなるテーマを選んでいるせいだ、とも言えるし、そもそも担当が暗くなるテーマしか送ってきていないというせいでもある。

つまり、担当を殺せば世界に平和が訪れる、つくづくラスボス的存在である。

確かに「自分探し女」なんて、明るくなる要素がない。どう考えてもこの女が何か見つけるという結末はないだろう。見えないものを見ようとして望遠鏡を覗き込んで[★16]、何か見えた奴はシャブ中だ。ないものは見えないし、見つからない。自分探し女は、そのないものを発作的に「見つけなきゃ」と立ち上がり、望遠鏡の代わりにアルミホイルの芯とかを担いで、午前2時、家族の制止を振り切って外に出かけていくし、当然「君」も来ない。

そもそも「自分探し女」がテーマなんて、「お通夜」というタイトルで24時間テレビのテーマソングを書けというぐらい無理な話だったのだ。

よって、担当が送ってきた「○○系女」の中で、もっとも明るくなりそうな女をチョイスすることにした、今回のテーマは「ウェイ系」だ。

【ウェイ系】

・ハロウィン、花火、クラブなど人が集まり騒ぐ場所を好む

・飲み会がもうとにかく好きで、酒が好きというより集まって騒ぐことが好き

・肝心の飲み会する店を見つける時、「私は歩きながらお店見つければいいと思う！」と根拠のないことを自信満々でドヤるも、店が見つからず、結果中華定食屋などで飲み会することになるも、自分が悪いとは思わない

・声がデカい、すごいと思われたい欲が強い

・EXILEが神

・「マジ」「ヤバい」「それな」「ワンチャン」などといった言葉を多用

・私立高校、私立大学を出て、飲食系や、体育会系が重宝される営業職に多い
・集団の割合は男が多め
・「絆」という言葉が異様に好き

さすがリア充種の中でも最強と言われる「ウェイ系」だ。担当も悪口を言いあぐねている感じがとてもいい。このまま倒して世界に平和をもたらしてほしい。

コラムの趣旨が変わってしまったが、これがウェイ系だ。「ウェイ」の語源はこの種族が発する独特の鳴き声「ウェエーイ！」からきている。だがその声自体どこからきたのか調べたところ、検索履歴が「ウェエーイ」「ウェエエエエイ」「ウェエーイ」「ウェエエエイｗｗ」など、頭が悪いとかいう騒ぎではない文字列で埋め尽くされたうえに、結局語源もわからなかった。

ウェイ系の戦闘能力の高さは「集団を好む」「コミュ力が高い」という点にある。学校でも社会でも「結局はコミュ力」という場面は非常に多い。クラスでも、決して可愛くはないのに、コミュ力だけで、イケてるグループに自分をねじ込んでいる女

ウェエーイ
そうはいっても
聞いたことない鳴き声

はいくらでもいた。

むしろ、能力は高くても、集団行動ができない、コミュ力がない奴の方が、冷や飯を食ったり、見えないものを見に行く羽目になっている場合が多い。

あと明るいという要素も強い。おそらく暗かったり「ゥェェェィ」と全部小文字のウェイ系はいないはずだ。どんな逆境でも本人が不幸だと思わなければ、それは不幸ではないのだ。

その点、暗い奴は、どんな些細なことでも不幸になれるため、逆にコスパがいいと言える。

ここまでだと「ウェイ系」最強説が成り立ちそうだが、ウェイ系にも弱点はある。「年齢制限」だ。

先日、知人女性が合コンに行ったそうだ。その女性は30代で、男の面子《メンツ》も全員30代だったと言う。それで首尾はどうであったか、と聞くと彼女はこう答えた。

「全員ＥＸＩＬＥみたいだった」

この一言でその場にいた全員に伝わった、ハズレ合コンであると。

ＥＸＩＬＥと言えば前述の通りウェイ系の神である、もちろんＥＸＩＬＥは悪くない。しかし30過ぎて「ＥＸＩＬＥみたい」というのは、ないのだ。しかもこれは田舎の話だ。「田舎で、30過ぎて、ＥＸＩＬＥみたい」。役満である。

男でこれであるから、女のウェイ系が「いい年してそのノリはない」と言われる時期はもっと早いはずだ。

だが、これは加齢と共に「コミュ力や集団生活力を維持したままテンションを落として落ち着きを出す」ということで対処できるので、ウェイ系が社会において強いことは変わらない。

このようにウェイ系は強い、しかしその中に「無理してウェイ系にいる女」がいるとしたら相当キツい。

そんなのただ「ウェェェーイ」って言ってればいいんだろうと思うかもしれないが、ウェイ系の「集団行動」は常人が考えるよりも遥かに「集団行動」なのだ。会ったらまず、次何するかが決まり、次いつ会うかが決まる。それを「おかしい」と思う人間はウェイ系の資質がない。

「休日にフットサル」と聞いて、びしょ濡れにならないようではウェイ系にはなれず、「一人でゆっくりしたい」などというのは、マグロが泳ぐのを止めると同意義であり、ウェイ系としては死を意味する。本当にマグロ（ウェイ系）ならいいが、無理して合わせているヒラメ女がいたら死ぬに決まっている。

ウェイ系は「絆」「仲間（ファミリー）」という言葉が好き。

いかにも軽いノリで使われているように見えるが、その絆はマジでパねえ絆なのである。

［★16］ＢＵＭＰ ＯＦ ＣＨＩＣＫＥＮの名曲「天体観測」より。見えないものが見えるのは普通にヤバい。

嫁姑問題

「どうやって多額の保険金をかけたあと事故に見せかけて殺すか」ではなく「極力会わない方法を考える」

突然だが、担当が会社を退社したそうだ。

私事になるが、私も会社員である。「作家として売れたら会社を辞める」を目標に早8年、一向に辞められぬまま、担当の方が先に辞める、ということが4回ぐらいあったので、貴様らどういうことだと言わざるを得ない。

しかし、よく考えたらこの担当は会社などに属するような人間ではなかったし、人間かどうかも怪しかった、居るとしたら地下要塞とか、しかるべき施設に収容されるべき逸材である。

ちなみに退社後も、外注として当コラムの担当は続けるらしい。倒したはずのボスが変形して襲い掛かって来たみたいな展開だが、年も明けたし、今回が「女って何だ？セカンドシーズン」とも言える。

そんな生まれ変わった担当（腕が4本ある）からの提案は「今度はシチュエーション別、女同士の関係性について書いてはどうか、嫁姑とか」とのことであった。

相変わらず『セックスアンドザシティオブザデッド〔★17〕』みたいな話が好きですね、と思ったが、相手は腕が4本ある上に、背中に漆黒の翼を持っているので黙っておくことにした。

「嫁姑」の話など、意味としては、ベトナム戦争かルワンダ虐殺の話をしよう、と言われたに近い。だが嫁姑にもいろんな関係がある。

私も嫁の立場であり、姑がいるが、同居はしていないし、相手も特に口煩《くちうるさ》いタイプではないので今のところ問題はない。

しかし「問題がない」というのは、どちらか一人の証言では成り立たないものだ。

例えば「うちの家庭には何の問題もない」と言っているおっさんがいたとする。本当に問題がないのかもしれないが、実際は、家庭内の問題全てを一人で背負い解決している嫁がいるだけ、という場合もある。

そういう男はそのうち、巧妙に病気と見せかけられたヒ素中毒で死ぬと思うが、実は私も姑にムカつかれており「いつかは」と喉笛を狙われているかもしれないのだ。

虚をつかれないためにも、今度姑に会った時「実はあたしにムカついてるっしょ」等の牽制をしておこうかと思ったが、むしろ戦いの火ぶたが切られそうなので、とりあえず黙っておこうと思う。

つまり嫁姑といっても、仲のいい者同士や、内心ムカついているが平静を取り繕《つくろ》っている者、物理的に殺し合っている者まで千差万別だと思うが、一般的には「嫁姑というのは仲が悪いもの」、そして「姑が嫁をいびるもの」というイメージがある。

では何故そうなってしまうかと言うと、まず嫁姑以前に、女全体にある「自分より若い女を許せるか許せないか問題」があるような気がする。

基本的に嫉妬というものは、自分が持ってないものを持っている人間に対して起こるものである。若ければいいというわけではないが、生物として肉体的には若いに越したことはないし、願っても二度と手に入らないものなので、持っていたら羨ましいに決まっている。

よって、嫁という時点で自分よりかなり若い女であり、さらにその自分より若い女が大事な息子を奪っていくわけであるから、この時点で姑にとっては「嫁は殺していい生き物だと法律上決まっている」ぐらいの感じになっても不思議ではない。

息子が自分より年上の嫁を連れてきたというなら、若さ問題はクリアだが、また別の意味で心中穏やかではないだろう。

さらに「伝統問題」もある。

どんな女でも生まれた瞬間から姑だったということはないだろう。「生まれながらの王」みたいでカッコいいが、大体は、嫁時代を経て姑になっていると思う。そして自分が嫁時代、姑にいびられていたから、自分もそうしなければいけないような気になってしまうのだ。

代々続く、先輩から後輩に対するしごき、みたいな部活ノリが、嫁姑にも存在するというわけである。

それに部活ならまだスポーツの爽やかさみたいな部分もあるかもしれないが、嫁姑の場合はそういったものもない。

ただ精神的には「お互いが硬球をぶつけ合う」「出来るだけ硬い石を握りこんで殴る」みたいなルールのもと戦っているので、ある意味スポーツと言えなくもないが、流れる汗は青紫色である。

もちろん皆が「やられたから自分もやる」という思想ではないだろうし、負の連鎖を断ち切ろうとする姑もいるだろう。

そうするとまた「逆張り問題」というのも出てくる。嫁姑問題なんて古い、私は嫁と友達みたいな関係になる、と気張りすぎて「過干渉な姑」「優しくしすぎて嫁が増長」という問題を引き起こすパターンだ。

現在「毒親」という言葉が生まれ、「親でも愛せないものは愛せない」という考えが徐々にだが認識されつつある。

だとしたら、嫁や姑なんて、もっと愛さなくていいはずである。たまたま相手が愛せるタイプだった場合だけ愛せばいいだろう。

では、相手が気に入らない場合は殴りかかればいいかというとそれも違う。皆さんも一人や2人、気に入らない、苦手な人間はいると思うが、そいつを殴ったことがあるだろうか。あるという人は、法治国家に向いていないので世紀末あたりに引っ越した方がよい。

おそらく苦手な人間に対しては「避ける」を使っている人が一番多いと思う。嫁姑も同じで、合わないと思ったら、「無理に仲良くする」「どうやって多額の保険金をかけたあと事故に見せかけて殺すか」ではなく「極力会わない方法を考える」方が建設的な気がする。

[★17]『セックス・アンド・ザ・シティ』の出演者を全員日本人にしたゾンビ映画みたいなもの。

嫁姑問題リターンズ

やはり嫁姑関係は、そんなに楽しいものではない

前回「嫁姑」をテーマにして書いたところ、担当から「重いテーマにしてすまなかった」という謝罪のメールがきた。

結構前から重かったぜ、と思ったが、担当にとっては「100トン以下は軽い」というような認識なのだろう。

しかも反省のしどころが「キラキラ嫁がきたら」とか「姑がゆるふわだったら」とか、もっと楽しくなるようなテーマにすれば良かった、という点であるという。

「まだ嫁姑の話を掘らせるのかよ」と戦慄《せんりつ》した。

「もうこの話はやめよう」とならないところが担当のすごいところであり、「一度向かい合った相手とはどちらかが死ぬまで戦うべき」という礼儀正しい性格がうかがえる。

それに、キラキラ嫁やゆるふわ姑が襲来して楽しいはずないだろう、正気か、と思ったが、担当は相手が強ければ強いほど楽しくなってしまうタイプなのだろう。ジョブで言えば「バーサーカー［★18］」である。

しかし、物事を楽しむ力というのは大事である。

ゆるふわ姑を「いい年して女子ぶってるクソババア」ととるか「私のお義母《かあ》さん超かわいいんですよ～（と言ってる自分がかわいい）」ととるかでは話が違ってくる。

目を覚ましたら、隣に知らない虎が寝ていたという状況でも本人が楽しいと思えばそれは楽しいのだろう。

しかし我々はこの「楽しもう」という精神でまたしても躓《つまず》くのである。

余談だが私の主食は「他人の不幸」である。

他人の不幸というのはあらゆる栄養素を含んだスーパーフードであり、舐めるだけで寿命が10年は延びる、アサイーなどよりよほど摂取すべき食物なのだが、世の中にはその効果を打ち消す「他人のサクセス」という有害物質も蔓延しているため結果的にプラマイゼロかマイナスになることが多い。

もちろん摂取するなら上等なものがいいので、ギャンブルや浪費で借金返済に追われている人のブログなどをよく鑑賞するのだが、その中には「楽しみながら借金返済」を掲げている人がいるのだ。

いくらなんでもそれは無理だろうと思うのだが、本人は至って正気なのである。むしろ楽しいことを前借りした結果が今の窮状だというのに、さらに楽しもうという貪欲さである。

大体こういうのは続かない。何故なら、楽しんでやろうと思うのは「楽しくないことはビタイチやりたくない」と思っているからでもある。

借金返済だけでなく、ダイエットや美容商品でも「楽しく綺麗になる」みたいなことを謳《うた》い文句にしているものは多々あるし、そういったものは売れる。しかし、楽しいと思って買ったものが楽しくなかったら投げ出すに決まっている。

実際、逆境（砂漠のど真ん中など）にいる状態で「俺はせっかくだから、できるだけ楽しい蜃気楼を見るなどして楽しむぜ」と思うのはいいが、そこに入る前から「砂漠を楽しもう」などと思っていると、暑い、喉渇《のどかわ》いた、マジ砂しかない、蜃気楼の作りが雑、という全然楽しくない状況にすぐ心折れてしまうだろう。

また「楽しもう」と思うのも一人でテンション上がっちゃってるならまだいいが、相手がいるとまた問題が大きくなる。「こっちがファンキーな嫁姑関係ビルドしようとしてんのに、あいつ全然グルーブしてこない、マジノリ悪い」と、自分の楽しくしようという提案に相手が乗ってこないことにムカついたりするのである、これでは迷惑な人だ。

どんな状況でも楽しむというのも必要かもしれないが、楽しめなかった時のリスクも高い。それよりは、どう考えても楽しくないことを、これは楽しくないことなのだと認め「嫌だけど仕方ないからやっている」と割り切ることも重要な気がする。

「楽しい」と思えるかどうかと同じぐらい「仕方ない」と思えるかも大切なのだ。やはり嫁姑関係は、そんなに楽しいものではない。しかし「両親がすでに滅している」「木の股から生まれた人」という条件で結婚相手を探すのも酷だ、つまり「仕方がない」のである。

ちなみに、この担当の反省メールには最後こう書かれていた。

「私たちがいまメインで考えていることは仕事や趣味のことですが、それがやがて姑のことや介護など考えていかなければいけないなんてめんどくさすぎて爆発しそうですね」

我々の感じている漠然とした、憂鬱、不安の正体を、全て説明してしまっている。

この担当がいると私がいらなくなるから嫌なのである。

［★18］北欧の神話に登場する戦士。力が強くて話が通じない。

逆・鎖国女

全身にハッカ油塗っても凍死しない女より、ニベアで死ぬ女でありたい

最近、「嫁姑」とか世界一積極的にしなくても良い話を2回もしたせいで、「○○女シリーズ」がご無沙汰になっている。

このままでは担当から送られてきた膨大な「○○女メモ」を見て私がブルーになっただけになってしまうが、それでは困る。みんな私と一緒に死んでくれ。

というわけで、改めて担当のメモを見たのだが、全てどんな包丁と並べて見ても遜色ない名文揃いだ、ただ持ち手まで刃で出来ているのが問題なだけだ。

『ベルセルク』[★19]調に言うと「それは剣というにはあまりにも大きすぎた。ぶ厚く重くそして大雑把すぎた」という感じなのだが、唯一違うのは、担当の剣は「ぶ厚く重く細かすぎ」なのである。その中でも特に異彩を放っていた奴が今回のテーマだ。

毎回「全部載せると尺が足りないし死者が出る」という理由のもと、省略したものを載せていたが、逆に一回全部載せたらどうなるかやってみたい。やはり爆弾も落としてみなければ本当に人が死んでくれるかわからない。

ということで、今回のテーマはこれだ。

【逆・鎖国女】

・パリ、ハワイ、ニューヨーク……とにかく外国リスペクト、外国が正義、外国しか認めない

・会話中はオーバーリアクション、ふしぶしにカタカナ用語。下品に見える振る舞いこそ「力強いわたし」の象徴だと思っている

・帰国子女、ハーフなどと友達であることがステータス。ハーフの友達とクラブで撮った写真をインスタにアップすることが生きがい

・「オアフ島のビーチをイメージした部屋」「パリの蚤《のみ》の市で見つけたふうアンティークのランプシェード」などで部屋を飾る。おしゃれは海の外にしかないと思っている

・芸能人＝海外セレブ。セレブに対して謎の親近感を抱いており、「ブリトニー・スピアーズは苦労してるから」などと理解を示す。この理解基準は日

本式
・「日本人はさー」「アメリカではそんな言い方しない」「パリでそんな服着ない」など正解の基準を外国に求める。しかしソースは不明でネットで見たとか曖昧
・横文字好き。「生息地 :Tokyo」とローマ字で書いたり、「Oops!」「XOXO Love」「My愛する」などわかってるふうな単語を入れる
・ビキニパーティ、つば広の帽子、デカいサングラス、柄モノのワンピースなど、パッと見でそれとわかる服装をしている
・「気まぐれに」DJをやりたがり、「まったりな」自炊は「カフェスタイル」。力を抜いていてもそうなっちゃうの、という自然体アピールも重要。「このSHOP愛しすぎてる」など、好きだからこうなっちゃいましたアピールも欠かさない。頑張らなくてもいい、本当の自分がいる、その象徴が海外である
・疲れた時やクリスマス終わりなどに六本木ヒルズの展望台など高い場所へ行き「Tokyo の光……Love」など感傷に浸る。「Tokyo に Power もらった日」として夜景をバックにした自撮りをインスタなどにアップ
・その国の何かが好きというよりは、隣の芝生は青く見える精神で、「英語

＝かっこいい」「パリ＝おしゃれ」「ハワイ＝癒やし」となんとなくのイメージだけで憧れを抱く

・ゆえに浅いとも言えるが、裏表がないとも言え、友人関係でトラブルになることもあまりないためか交友関係が広い

・外国だけでなく、「ハンドメイドの服しか着ない」「オーガニックコスメしか使わない」「女にスカートを強制するのは許せない」など、何かの世界に固執している人もジャンルは同じ。これらの女たちはより排他的であり、真の鎖国精神はここにある

……すごい（すごい）としか言いようがない。

とにかく担当がこの「逆・鎖国女」に親を殺されたのだろうな、ということだけはわかった。そうじゃなかったらここまで言ってやるなよと思う。相手も人間だ、鉄の塊とかではないし、仮に鉄でもこんな攻撃を受けたら一瞬で蒸発する。

それにしても、「Tokyo の光……Love」これは明日から使いたい日本語だ。本人は米国かぶれなのだろうが、逆に日本語でしか到達できない低みの言語を生み出してしまっている。

しかし、担当が最後まとめきってしまっている通り、こだわりを持つというのはつくづく自分を縛る行為だ。小学生の時やった「横断歩道の白い部分以外を踏んだら死ぬ」という自分ルールとなんら変わりない。

逆・鎖国女は、オーガニックコスメ以外を使ったら全身が焼けただれて死ぬという呪いを自分にかけて、本当に間違って塗ったニベアとかで死ぬのである（もちろん「海外セレブの間でニベアが人気」というソース不明の記事を見ただけで大復活する）。

最近の女たちは、スーパーでいつの間にかお菓子売り場に移動している子どもの如く、ちょっと目を離した隙に自分を探しに行ってしまうから、もう

「自分がない方が自由」と言ってしまった方がいいんじゃないだろうか。

「私はケツセレブ（仮）でしか尻を拭かない」と言ってウンコつきっぱなしな女より、丁寧に揉みほぐしたトイレットペーパーの芯でも尻を拭いている女の方がいいだろう。

しかしどんなに不自由でも、こういった女はこだわりのある自分の方が好きであり、全身にハッカ油塗っても凍死しない女より、ニベアで死ぬ女でありたい。むしろ「私ニベアで死ぬ人じゃないですかぁ？」と言いたいのだ（しかしあまりドヤ顔で言うと、言った瞬間霧状にしたニベアを吹きつけられる恐れがある）。


「オシャレは我慢」という言葉がある。

オシャレの為なら、真冬でもシジミ貝で局部だけ隠して［★20］外に出たり、通気性伸縮性ゼロかつ、値札のゼロ数もユニクロより多い服を着たりすることだ。

それと同じように、「自分を持つということは我慢」なのかもしれない。「パリで流行っている」と同じノリで、「アムステルダムでは合法」と大麻をやってブタ箱にぶち込まれたとしても、自分を持っていたせいだから仕方ない、我慢だ。

かといって「自分がない女」がいいかと言うと、それは普通の「何かダサい女」であり、こだわりがないせいで全身がとっ散らかった和柄にフリルなど、逆・鎖国女よりよほど多国籍なことになっているし、生き方もブレており、何より本人もそんな自分が嫌で、今すぐにでも「自分売り場」に行きたいと思っている。

結局、自分がなくて彷徨《さまよ》うか、自分で自分を縛って動けなくなるかしかないのだが、やはり他人（担当）に何と言われようが、「ＪＩＢＵＮ愛しすぎている……」状態の方がいいと思うので、私も今夜あたりＴＯＫＹＯではないが「光ＬＯＶＥ……」をやってみようかと思ったが、我が家の近辺は、夜になると完全な暗闇となる。

夜に光があるところに住んでいるだけでも、もう勝ち組なんじゃないだろうか。

［★19］三浦建太郎氏の漫画より。実は主人公が持っている武器がごついことしか知らない。
［★20］何十年経とうとも平成が終わろうとも、ホタテ貝の水着（©武田久美子）を忘れることはできない。

かまいたち女

「女の中二病患者」が夢想する
「私が考えた最強の私」そのもの

この生きづらい世の中において、現代の女がどう生きていくべきか、新しいライフスタイルを提唱する。

全然知らなかったが、当コラムはそういうコンセプトのもとに開始した。

しかし気づけば、「あなたの隣にいる痛い女特集」みたいな、どこに需要があるのかわからないが、確実に誰かが買っている、新幹線に乗ると同時に買われて、降りたと同時に捨てられてる系の漫画雑誌みたいな様相を呈している。

おそらくこのコラムを読んで「俺も自分探し女になって、読書メーターやアマゾンでポエトリーなレビュー書いて〝4いいね〟くらいもらいてぇ！」と強く思った女はいないだろう。逆に「こうはなりたくない」「わが身を振り返る」という点で有益なコラムになってしまっている。

それはよくない、このコラムのコンセプトに立ち返らなくてはならない。よって今回は担当が送ってきた○○女メモ（別名：炭疽菌）の中でも「こういう女にならなってみたい」と思った女を紹介したい。

【かまいたち女】

・悪魔、じじいころがし、などと呼ばれている

・夜の街にいそうな雰囲気で、昼の職場にいると影があるので営業職だとギョッとされる

・顔がかわいい、スタイルがいいだけではない、何か人を引き付けるものがある

・メンヘラの場合もあるが、上昇志向のかたまり、あるいは「男に仕返ししたい！」など人生に何か暗い目的がある

・破滅願望がある

・アイドルグループの場合、センターではないものの一部に熱狂的なファンをもつタイプ。ギャルゲーだと5人いるヒロインのうちメインヒロインでは

ないバッドエンドに導くヒロインだが、やはり一部に熱狂的ファンをもつ。100人のファンのうち8人くらいが生涯好きで、この8人は人生を狂わされる

・おっとりした喋り、抜けている性格など、天然を装うが、目が笑っていない

・自分の「駄目エピソード」を話して隙をつくるのがうまい

・男好きだが、付き合いたいというより言いなりになる男を見たいという感じで、支配欲がある

・『ロッキング・オン・ジャパン』に出てくるバンドが好き、思い出の曲は日本のロック

・ストール、とろみ素材など、一箇所ゆるませた服装をしている

・ビッチ感は出さないが処女ではないな感も出す。ビッチじゃない男経験が多そうな女、ということで落ち着く

・話がうまい、一芸がある、お土産を買ってくるなど、じじいを飽きさせないテクニックがある

・年齢は問わないし、在住地も問わない

・「この人が何故この店を?」と疑問に感じたのなら、その女がそれ

いつもながら担当のメモの方が長くてすまない。しかし本当に長い上に捨てるところも特にないし、すでに当方の連載「２０１８年もっともライターが要らないコラム大賞」間違いなしと言われているので、ここで油断して受賞を逃すわけにはいかないのだ。

それにしても開口一番「悪魔」である。もはや女とか関係ない。

だが、みなさん、胸に手を当てて、乳首以外にしこりがあったらすぐ病院に行ってほしいが、なかったら考えてみてほしい。過去または現在進行形で「悪魔」と呼ばれたいと思ったことはないだろうか。

この「かまいたち女」は、「女の中二病患者」が夢想する「私が考えた最強の私」そのものである。

中二病とは主に中学2年生ごろに発症する、自意識がスパークして「自分は特別な存在」「他人とは違う」「風の音（コエ）が煩《うるさ》く感じる」「気を抜くとアイツが目を覚ます」等の症状をきたす蕁麻疹《じんましん》のような病気である。

この中二病は、個人差はあれ、男女ともに大体罹るものだが、思春期以降の女が罹る中二病というものがある。

もちろん「邪気眼《じゃきがん》に目覚めてぇ」と思っているわけではない。むしろ20歳過ぎて女がそう思っていたら、逆にその後も明るい人生が送れると思う。いわば勝ち（相手不在の不戦勝という意味で）組だ。

では、そういう女の中二病思考とは何かと言うと「私はパッと見、モテ系ではない（むしろダサめ）が、何か不思議な抗えない魅力を持った女」なのである。

「何か不思議な抗えない魅力」とは何かと言うと、「邪気眼」や「右腕に封印されたヤツ」と全く同じで、つまり「ない」のである。何か不思議な力をもっているのは群馬県人だけだ。

こういうタイプは「表では冴えない女だが裏では魔性の女」という設定にも憧れているが、大体、表では冴えない女は裏ではさらに冴えない。

それをさらにこじらせると「私には私ですら気づかない不思議な魅力があり、それをいつか誰か（モテるが女に興味を示さない、なのに何故か自分にはちょっかいをかけてくるイケメン）が気づいてくれる、かもしれない」という遥か遠いところに行ってしまう。

見えないものを見ようとして深夜2時、望遠鏡を覗きこむのは、迷走女がよくやる

ことだが、さらに「存在しないものを鍾乳洞の中でお前がオペラグラスで見つけろ（そして見つけたら教えろ）」という、新しい惑星よりも見つからないものを、あると信じて一生を終えることになるのである。

多分この「かまいたち女」のような「説明できない魅力で他人を惹きつける女」というのは存在する。だがそれは本当に「特別な女」である。

むしろ「自分は特別じゃない女」という事実こそ、どんな望遠鏡を使ってでもいち早く見つけ出し、認めるべきことで、そうすればその後の人生は好転するのかもしれない。

お局

『進撃の巨人』で言えば巨人側

今回登場する女は、太古の昔より、女たちのある種頂点に君臨せし伝説の魔獣である。

【お局】
・昼飯食いながら上司、後輩、同僚の悪口、飲み会でも上司、後輩、同僚の悪口、とにかく会社の話が大好き（ただしすべて悪口）
・仕事に対して、常に上から目線で話す
・「仕事の効率」「会社の利益」など、仕事中には考えもしなかった仕事への情熱がランチタイムに覚醒し、いつの間にか悪口に発展
・仕事が好きというより、夫と倦怠期、彼氏がいないなど、プライベートでやることがないので、仕事以外で考えることがあまりない

・かつてはチヤホヤされていたものの、「チヤホヤ枠」が次々と入ってくるので冷遇されてしまい、しかし仕事のスキルもないので後輩いじめくらいしかやることがない
・小物だけハイブランド、シンプルシャツなど「いい女」っぽく見える服装が好き
・新しいペンは手前から取る、ゆうパックは受け付けない、裏紙の箱はA4、など細かいルールを設けたがる
・やっている仕事は、3時のおやつタイムにおやつ配り、会社のアカウントでツイート、などだったりする
・育児休暇、時短勤務の際は、それらが切れるタイミングで新しい子を作るなどして、結果3年間育休、5年間時短勤務などの強者も存在する

このお局、皆も一度は聞いたことがあるだろう、有名な生物だ。

しかし、「昼飯食いながら上司、後輩、同僚の悪口、飲み会でも上司、後輩、同僚の悪口、とにかく会社の話が大好き（ただしすべて悪口）」である。

これは「このペンはペンである（ペンだ）」ぐらいの念の入れようだ、歌詞ならここがサビだろう。

お局は、何せ語源が「春日局」だ。キラキラ女子、ウェイ系女のようなポッと出女とは歴史からして違う。

だがもし、それらの語源が「キラキラ式部」「ウェイ納言」などだとしたら、それは私が無知だったということでご容赦いただきたい。

上記のお局像は「ヤマタノオロチを想像してみろ」と言われたら、大体首が8本の竜を思い浮かべるのと同じように、万人が思い浮かべるお局像とそう大差ないだろう。だがそれでも「ゆうパックは拒否」だけはわからない。最近のお局は、ゆうパックで来た荷物は受取拒否するのが主流になったのであろうか。強い、さすが伝説の生き物だ。それか、担当の職場にゆうパックを頑なに拒否するお局ババアがいたかだろう。

お局というのは、間違いなく、職場で疎まれ、嫌われている存在であり、強く恐ろしい存在でもある。『進撃の巨人』で言えば巨人側だ。誰もが「駆逐《くちく》してやる」とは思っているが、大体の会社というのは、エレン、リヴァイ［★21］不在の、登場回＝死亡回になるモブ集団なので、高い壁（その壁は新入社員などで出来ている）を築いて距離を保とうとするが、時にそれすら破壊してわれわれのもとにやってくる脅威の存在な

のである。

私も平素はOLであり、年齢的にも、もうお局と言われてもおかしくない。

しかし、年を取れば大人になれるわけではないのと同じように、「ババアになればお局になれるわけではない」のだとヒシヒシと感じている。

アオムシだったらモンシロチョウになれる。だがOLはそうではない。蛾になるか、モスラになるかの差がある。

どっちも蛾じゃねえか、と思ったかもしれないが、同じ蛾ならフマキラーで死ぬより、東京タワーをへし折れる方がいいし、その両脇で「BBAやBBA」と歌ってくれる取り巻きも出来るだろう。ただそいつらは美しい双子の妖精ではなく普通にブスだというだけだ。

それに、お局は時として職場に必要な存在である。

何も悪口が好きなのはお局だけではない。正直カレーよりも悪口の方が万民に好かれている。

特に会社で女が交わす会話はほぼ悪口だ。悪口が公用語であり、他の話題はサンティアゴ・デル・エステロのケチュア語ぐらいの消滅危機言語のようなものである。

つまり悪口が女たちの大事なコミュニケーションツールになるため、一緒に遠慮なく悪口の対象にできる存在（お局）がいると、皆は一致団結できるのだ。

だが、そのお局が本当に駆逐されてしまったらどうなるだろうか。

RPGなら魔王が倒されれば世界は「平和」になる。だが現実はそうではなく「乱世」になる。

今までお局が目立ちすぎていたため見えなかったお互いの粗《あら》が見え出すし、「お局の悪口」という共通の話題がなくなったら、他の誰かの悪口を言うしかない（悪口以外の話をするという選択肢はない）。

『進撃の巨人』だって、巨人がいなくなったら、「アルミン［★22］のこと人間的には全然好きになれない」みたいなことを言い出す奴が絶対出てくるのだ。

また、新しいお局が擁立されるという場合もあるが、もしそうならなかったら「戦国時代に突入」である。

このように、お局がいる職場の方が均衡が保たれている場合もあるので、お局は破壊神でありながら平和の使者でもあるという両面性を持っている。

また恐れられている存在なので、表向き冷遇されることはあまりない。それより、お局になれなかったBBAの方がチヤホヤもなく、若い者から舐められているため立場が悪い。だがそういうBBAも、職場から完全に気配を消す「ステルス系」になって、乱世を遠くから眺めたり、煽ったりと楽しんだりしているので、これまた油断ならぬ存在である。

このように、職場はお局だろうがなかろうが、気を抜けない存在だらけなのだ。しかし最後の「3年間育休、5年間時短」は気になる一文である。

それはゆうパック絶対拒否、のようにお局が勝手に決めたルールではなく、会社に認められた権利だろう。

つまり、現代日本の会社では、認められた権利を全部行使する女は「厚かましい」「お局」「強者」というイメージなのだ。そんな扱いでは、気の弱い女は制度を使えないし、それに耐えかねて離職を余儀なくされる場合もある。

だからそんな空気をものともせず、率先して「権利全部取り」をやってのけるお局という存在は、やはり必要なのかもしれない。

［★21］諫山創氏の漫画『進撃の巨人』の主要人物。リヴァイ最後まで生きてるといいな。
［★22］同じく『進撃の巨人』の主要人物。謎の心許せない感。

菩薩女

菩薩なんて贅沢な名前だ、
今からお前の名前は餃子だ、いいか餃子だ

この連載に出てくる「女」たちは、「いそう」と思わせつつも、「でも実際会ったことはあんまりないな」という、「いてもおかしくない、いそうでいないUMA（未確認生物）」という感じであったが、今回の女は今までで一番「これ私だ」と思えた女である。

【菩薩女（悟り系）】
- かまいたち女の地味版。陰があるけど暗いだけと思われている
- 仕事、姑、子どもなど半径10m以内で起きる出来事に疲れている
- 疲れることにも疲れて、悟りだした
- そのため、ゆるふわの進化系とも言える

・「怒らない」「主張しない」ことが美徳とされている世の中においては重宝されるべき存在のはずが、忘れられることもよくある
・派手すぎず地味すぎずダサくない服装で場をわきまえている
・職場では、定時に帰る、雑用をさり気なくパスする、など疲れないよう、かつ反感を買わないようにやり過ごすテクニックがある
・優しい、いい人などと評されることもあるが、それは相手に興味がないことから生まれた心の余裕である
・飲み会やランチの場では相槌を打つことが多く、場を盛り上げる、おもしろい話をするなどができないためうっかりするとハブられる
・優しくてもダメ、厳しくてもダメ、ならいったい何が正解かと思っているが、職場にもさほど興味がないので、まあいいかと思い、定時で帰るし飲み会にも「子どものお迎え」「親の介護」などと言って参加しない
・テレビっこ、AMラジオが好きで健康に関心がある
・効率、コスパを重視している

ここに出てくる女たちは「いてもおかしくない、いそうでいないUMA」、と言ったが、おそらく担当の周りには全員いるのだと思う。町で肩がぶつかった相手がチュ

パカブラ［★23］で、飛蚊症《ひぶんしょう》かと思ったらスカイフィッシュ［★24］、朝起きると週3ぐらいでキャトルミューティレーション［★25］されている、そんな生活を送っているのだろう。

しかし、この菩薩女なら、私にもわかり哲也である。

だが「菩薩」などというと、雲の上から下界の喧噪《けんそう》を眺めている天上人のようだが、実物の菩薩女はそんなに良いものではない。

菩薩なんて贅沢な名前だ、今からお前の名前は餃子だ、いいか餃子だ。

大して画数が減らなかった気もするが、ともかく餃子である。

中華料理のことではない、中華料理だったら、餃子のようなＶＩＰではなく、空芯菜の空の部分あたりだ。

だから餃子《ぎょうざ》ではなく、餃子《チャオズ》なのだ。餃子《チャオズ》とは、『ドラゴンボール』の登場人物で、人造人間という強敵と戦う際、兄弟子の天津飯に「餃子はオレがおいてきた。修業はしたがハッキリいってこの闘いにはついていけない」と言われた存在である。

つまり戦力外、取るに足らないポジション、内紛でも「雑魚に構ってられねえ」と無視される存在である。

その場にいる女全員から「格下」と思われている女なのだが、餃子女はそう思われる方が楽であり、実際それで楽をしているのだ。

作中の餃子《チャオズ》はどうか知らないが、餃子女は全然「人造人間と戦いてえ」などと思っていない。修業をするのも、大事な戦いでは置いていかれることをわかった上でのポーズだ。最初から、他のZ戦士が修業している間に午後ロー［★26］とか見ていたら角が立つので、「自分もやる気はあります。あ、でも自分じゃ無理っすか、残念っす！」と、実は協調性皆無なのに、「和を乱すつもりはないんすよ」という姿勢を取り続けるのである。


女たちはまず目に見えて協調性のない女から殺していくので、餃子女にまで火の粉が飛ぶというのは、「会社ごと燃えた」「焼夷弾が落ちた」ぐらいの事態であり、もうその組織は一旦解散した方が良い。

つまり、目立たない、女としてのレベルが低めだと舐められている（敵と見なされない）という自らの特性を生かし、ありとあらゆる面倒ごとを回避しているのである。

これは一番おいしいポジションのように思えるが、餃子女はそれ故に油断しやすい。

そもそも「誰も私のことなんか見てないから大丈夫」と思うのは、「女」を舐めて

いると言う他ない。

その女が、自分はまだ生きていると思い込んでいる霊体でない限り、そこに存在するだけで、女は絶対女を見ているのである。

だが餃子女は上記のように雑魚スペックなため、わざわざ殺されないだけだ。

しかしどんな人間でも、「雑魚でも殺したい」時がある。

社内で一番怖い女子社員、ウシジマさん（仮名）が「蚊がよ……ちょっと血を吸ったくれーで殺すだろ？　今、そんな気分。気持ち伝わった？」と言いながら、「餃子さん（仮名）っていつも何の仕事してるの？　常にネット開いてるよね？　ツイッターやりすぎじゃない？　てかリアタイで会社で起こったことつぶやくのマジでやめた方がいいよ？」と、餃子女が今まで「バレてない」と思ってやってきたことを、突然全部言ってくることがあるのだ。

たとえ本物の菩薩でも、いきなり腹部をジャックナイフで刺されたら「アルカイックスマイル［★27］」とはいかないと思う。ましてや餃子女なら即死だ。

また戦力外ゆえに、一切の発言権、決定権がないため、自分のことが自分不在で決まっているということも多々ある。しかしそういう時でも、すでに自分の意思や意見というもの自体をなくしてしまっているので、何かに巻き込まれた時は、もう諾々《だくだく》と、濁流に飲み込まれていくしかないのである。

三下《さんした》ポジションで生きていこうと思うなら、やはり三下らしくしていなければいけない。自分を菩薩だなどと勘違いしたところから崩壊がはじまる。

非暴力、そして服従主義。

菩薩、というより、良いところが特にないガンジーのような女なのかもしれない。

［★23］ヤギの血を吸うものという名前のＵＭＡ。

［★24］ＵＭＡの一種。空気中を飛んでいるといわれる魚。

［★25］宇宙人により内臓を抜かれる、というダイエット法。

［★26］テレビ東京で平日昼に放送中『午後のロードショー』の略。言ってはみたが見たことがない、何故なら会社にいるから。

［★27］古代ギリシアの彫像にみられる表情。唇の両端をやや上にあげて微笑を表している。

残念な女

残念な女の「残念」を明らかにしないのは、「優しさ」

世の中には、「終わらせる言葉」というのがある。

今で言うと「ウザい」「キモい」などという言葉がそれで、「あいつはとにかくウザくてキモいのでこの話は終わりだ、解散」という、人を切り捨てる言葉である。

確かに便利な言葉だが、明らかに使う側の思考停止が見て取れる。使うことにより知性を疑われてしまう危険な言葉だ。

どうせ知性がないなら、「ヤバい」「パねえ」「神」の3語でパイセン方と会話を成立させている後輩の方が、言葉の意味がポジティブなだけまだマシだ。

そして女に向けられる「終わりの言葉」の筆頭は、言うまでもなく「ブス」だ。

「ブス」という言葉は、もはや顔とか全く関係ない場面にすら出てきて、一瞬で辺りを鳥山漫画でよく見る荒野に変え去ってしまう滅びの言葉だ。

さらに「ブス」が「ウザい」「キモい」などと一味違うのは、「説明責任を果たしている」という点である。

「ウザい」は何故ウザいか、その根拠となる言動があるはずである。それを説明せずに「ウザい」だけで終わらせるのは、明らかに怠慢《たいまん》であり、こいつ面倒くさくなっているな、という感が伝わってくる。

それに引き換え「ブス」はその一言で説明が終わっている、バッドルッキングなのだ。

しかも本当にそうか、一目でわかるため、説得力もある。

凄まじく暴力的でありながら、理由と根拠をキッチリ示してくる真面目さがあるという、「天才が努力したら勝てない」の典型のような言葉である。

あと60億年ぐらいは「ブス」に勝てる言葉は出てこないと思うし、出てきたら一瞬で地球が水蒸気になると思うが、最近これとは対極をなす「不真面目な天才」が現れている。

それが「残念」だ。

割と最近使われるようになった言葉だと思う。「ウザい」「キモい」は、詳細は説明されていないが、なんとなくニュアンスが伝わる。しかし「残念」は徹頭徹尾、何も説明されていないのだ。しかし「あの子、残念だよね」と言えば、そいつは「残念な女」になってしまうのである。

まさに「何の努力もしてないのに、何か強い」という言葉である。

こんなチートが許されるはずがない。仮にも人様の娘を「残念」などと断ずるならば、せめて何が残念なのか、その根拠を示すのが礼儀だ。

そこで、礼節とジェノサイドに定評がある我が担当が、「残念な女」の「残念」をつまびらかにしてくれた。

【残念な女】

・かわいいのにギャグがスベる、清楚な見た目なのにテンション高いなど、かなしいギャップがある
・きれいめの服なのに毛玉、バッチリメイクなのにファンデーションがよれているなど、雑というギャップもある
・柔軟剤、制汗剤、芳香剤、ボディクリームなどが混ざったしつこい匂いがする
・何かが悪いわけじゃないのにモテない

・デートで根性を発揮してしまう
・箸や鉛筆の持ち方がおかしい
・バッグからいつのだかわからないコンビニ袋や使用済みティッシュが出てきたり、靴が汚いなど、がさつ
・追っかけ、何でもペンキを塗る、パワーストーンを手作りして周囲に配布、水木しげるの紙芝居集めなど、マイナーな趣味をもち、かつ趣味に比重を置いている
・「女を感じない」と言われる
・飲み会で友達が酔いつぶれていても終電になれば帰る
・悪気はないのでどこを直せばいいかわからない、というか直す気もない
・「寝起きまじでひどい」「すっぴん妖怪なんだけど」とツイート、フォロワーはリアクションに困る

結果、残念な女の「残念」を明らかにしないのは、「優しさ」であることがわかった。私だって、自分の著作のつまらない点を一つ一つ説明されるよりは、「面白くない」の一言で終わらせてもらった方がマシだ。

冒頭、口角泡（黄緑色）を飛ばして「一言で終わらすのは怠慢と思考停止」などと言っ

たが、あれは「慈悲」だった、悔い改め、謹んでお詫びする。

この残念な女の概要を、意識を失わずに最後まで読めた人は気づいたと思うが、「残念」というのは「惜しい」という意味に近い。

「残念な女」は決してブスではないのだろう、むしろ、上の下、最悪でも中の上レベルの容姿は持っていそうだ。

つまり神から与えられた素材を全部自らの手で殺している人である。

ブスなんて、はっきり言って神のせいだ。逆に残念な女は「神のせいにすらできない」のでキツいものがある。


また、見てわかるとおり「これが悪い」という決定打もない。

「残念な女」は全身に残念がいきわたった状態である。まさに五臓六腑に染み渡ってしまっている。

ダンジョン飯風に言えばベーコンエッグではなく具入りオムレツであり、残念を全て取り除くことは極めて難しく「このままやっていくしかない」のだ。

不幸のようだが、上記のように「悪気はないのでどこを直せばいいかわからない、

というか直す気もない」残念な女はさほど不幸ではない。

これが「直す気」になってしまった時に真の悲劇がはじまる。「自分探し女」の爆誕だ。

しかも、そんじょそこらの「自分探し女」とはワケが違う。細かい悪い点が星くずのように全身にちりばめられているため、一見悪いところが見当たらないという、トリックアートみたいな女なのだ。そこから何かを探し出すのは至難の業だ。

しかも何度も言うように、素材は悪くないのだ。神から逆ギフトを与えられたブスから見れば羨ましくもある。

しかし、残念な女は、その悪くない

素材に、人の目の前でソースとマヨネーズを全部かけてしまうから、見た方も色々言いたいことはあるが、結局「残念」の一言しか出てこないのかもしれない。

かわいいジャンキー

「かわいい」は「味がする」くらいの意味しかない

みなさんは、何も考えずに「かわいい〜↓」と言えるだろうか。

私は言えない、そんなことを言えるのはおキャット様相手にだけだ。おキャット様をかわいさの標準値に設定すると、それ以外は全部「グロい」になってしまうのだから仕方ない。

世の中にはまるで息をするように「かわいい」と言う女がいる。「そういう鳴き声」と分析する専門家もいるほどだ。

この女は、対象物を目視してから「かわいい〜↓」と発するまでの時間が0・03秒ぐらいしかない。これ以上スピードアップすると相手は、かわいいと言われたことすら気づかなくなるだろう。

「何でもかわいいと言っとけば済むと思っているだろう」と非難する声も多いが、実際、社会ではかわいいと言えば済む場面は多いし、自分の美意識と関係なく「かわいい」と発せられる女の方がコミュニケーション能力は高い場合が多い。

大して親しくもない他人から突然見せられた赤ん坊の写真に、〝勤続20年サンドイッチ工場ピクルス係(42)〟の如く、惰性だが、正確かつスピーディに、「かわいい〜↓」という名のピクルスを置ける女と、赤ん坊の写真を『なんでも鑑定団』のBGMと共に査定、30分の長考の後「鑑定額：39円」というフリップを出す女、どちらに社会性があるだろうか。

『なんでも鑑定団』女のような、私は自分の認めた物しか褒めない、それが相手に対する誠意である、などというこだわりを、相手が理解してくれるわけないのだ。

ことに女同士においては、本音でぶつかった方がいい相手なんて実は少ない。多くがパステルカラーの部屋でお互いの体に生クリームを塗りあいながら、「かわいい〜↓」と飛び跳ねる方が良しとされる関係である。

それなのに「どこがかわいいんだ！　よく見ろ！　この生後6カ月にして超高校級

の鼻の穴！」とキレだしたら、それは相手に社会性がないか、そいつが見せてきた赤ん坊は、そいつにとっても孫でも何でもない、赤の他赤ん坊なのだろう、どっちにしてもヤバい人なので近づかない方がいい。
つまり何でもかんでも「かわいい」と言うのもアレだが、全く言えないのもどうか、という話なのだが、しかし何事もやりすぎている奴というのはいる。

【かわいいジャンキー】
・何を見ても「かわいい」と表現。かわいいに飢えていて、常にかわいいを探している
・靴下、ジュース、木、とにかく「かわいい」
・良し悪しの基準が「かわいい」か「かわいくない」か。褒め言葉は「かわいい」
・精神的に幼く、幼児性が高い。三つ折り靴下、ランドセルのようなリュック、ふわふわ、もこもこが好き。しかしロリータのようなポリシーがあるわけではなく、幼く見せることで「かわいがられたい」「優しくしてほしい」「大人のめんどくささから逃げたい」からこうした格好をしている
・10代、20代は「子どもっぽいかわいさ」、30代からは「大人かわいい」に

シフトチェンジ。いくつになっても「お姫様」というキーワードに弱く、またアリス的な世界観にも弱い。ハロウィンはコスプレできるので絶対やりたい

・20代と30代の間で大きな断絶があり、30代になると「休みの日に限定コンバースを履く」くらいのかわいさに抑えてくる

・あだ名が「あやにょん」「さよたん」「みぽぽ」「よーりん」「まなちょ」などひらがなでバカっぽい（そしてちょっとオタクっぽい）。しかしよくある名前でレパートリーがなくなってくると、「ゆぅらゃーちょらぽん」などわけがわからない長文になる

・弱い、病んでいることに憧れる

・キャラクターグッズが好き。好きなキャラクターは舞浜より多摩派

・原宿系のかわいいジャンキーもいれば、ＯＬ系のそれもおり、女ほぼ全員の心に巣食っているとも言える

・女は心のどこかで自分が世界の中心だと思っていて、「かわいい」は「私王国の国民にしてあげてもいいでしょう」という許可証のようなもの。ゆえに「あの子かわいいね！」がそうでもない時は、姫は超えてくれるなと思っているということ

「女ほぼ全員の心に巣食っているとも言える」

恐ろしい言葉だ。当コラムはいつのまにか女性の心の解放から、呪いをかける方向にシフトチェンジしたらしい。

確かに私も、今すぐに自分のことを「かぅるぇ〜ざわんかをるそ」というあだ名で呼んでほしくなったので、この呪いは相当強い。

かわいい連呼女にとって、「かわいい」は「味がする」くらいの意味しかない、というのはよく聞く話だが、「私王国の許可証」は新説だ。

つまり「かわいい」と褒められているかと思いきや、「苦しゅうない」「よきにはからえ」と言われていただけなのだ。だったら意味なんかない方が良かった。「味がする」「息してる」ぐらいで十分だ。

確かに私も、かわいいに憧れ、かわいいを欲し、そしてかわいいに囲まれた自分かわいいと思い、思われたいと思った時期があった。

最近休刊が発表された個性派ブスのバイブル『ＫＥＲＡ［★28］』を読み、ロリータ系の服も買った。ただそういう服は高いので、「甘辛ＭＩＸ」と称してエミリーテンプルキュートのお洋服にユニクロの小豆色のコーデュロイパンツという激辛スタイルで町を歩いたのも、今ではとても悪い思い出だ。

「エミキュ愛しすぎてる」というわけでなく、「これを着ている自分かわいい」な場合は長くは続かないし、そのうち自分に似合っていないことがわかってくる。そして何より年を取ると「いい年して」「ババアのくせに」と言われるのを恐れて、だんだんと過剰なかわいいからは離れていくか、こっそりとした趣味になってくる。

高齢かわいいジャンキーもそれを承知で、「誰が何と言おうと、自分はかわいい服とかわいい物が好きで、それに囲まれている自分が好き」というならそれでいい。下手な自分探し女より筋が通っている。

しかし、かわいいに対してこだわりも愛着もない女が、「かわいい物が好きな私かわいいでしょ」という、若い頃は通じていた他人への無言アピールが30過ぎても有効だと思ってやっているなら厳しいものがある。

女は年を取るにつれて、何系になりたいかを考えるより、「自分さえ良ければいい」のか、「他人から見ていい」状態になりたいのかを、先に考えた方がいいのかもしれない。

［★28］「普通になりたくない」という普通以下の女たちの人生に大きく爪痕を残した伝説の個性派ファッション誌。

スピリチュアル女

掲げている御旗が「他力本願」と「責任転嫁」であり、心臓に彫ってあるタトゥーが「NO努力」

皆さんは、何かを信じているだろうか。

信じる者はすくわれる、足を。

そんな世の中だ、何かを信じるというのは大変なことだ。

まず自分が自分を裏切る。ダイエットしたい俺を、ピザポテトを食いたい俺が裏切るのだ。販売停止決定しているのに（連載当時）、それでも見つけて、俺が俺を裏切るのである。

そんな自分で自分の足をすくって倒れるという、ただ単に足がもつれちゃった人がそこかしこに散見できるご時世なのだ。

こんなポイズンな世の中において、愚直なまでに「信じる心」を失わなかった女がいる。否、こんな世の中だからこそ、彼女らは信じることにしたのだ。
今回はそんな高潔な精神を持った女の物語である。

【スピリチュアル女】
・引き寄せ、前世、夢占い、宇宙にお願いなど、「見えない何か」に頼って生きている
・ブスなのは、貧乏なのは、お前らが、世間が悪い
・でも神は、妖精は、宇宙は、本当の私を知っている！と、見えない何かにプレッシャーをかけている
・○○するだけで幸せになる、痩せる、運命の人と出会える、など「するだけ」が好き
・それ系の本は同じような内容であっても何冊も買う
・夢は「カウンセリング喫茶店をオープンしたい」だったり、友人は「こんなにフリフリのお洋服を着ているけど浄化石マスターの○○ちゃん」など、本人も友人たちもうさんくさいというか騙されている感がある
・「すごい！」の規模が小さく、世間とずれている

・宇宙や神に頼るが、知識はない
・反省をせず、過去を振り返る時は他人や世間へのダメ出し
・部屋が汚いのは邪気のせい、食べ物がまずいのも邪気のせい
・神社やパワースポットに行くと「あーわかる」と言ってくる
・年齢問わず上目遣いで、何事も「そうだと思った」「うん、うん」とわかってるふうの口ぶりで話す
・色が濃いスカート、ファンシーなカバンなど、服装が過剰でお香の香りがする
・薬や不幸＝自慢アイテム
・カラコンもしていないのに黒目がデカく見え、何かを強制するかのような笑顔

私は元々信心の薄い女である。

信奉するのは「油で揚げたもの」など、目に見えるか味のするものだけだし、神頼みをするのは、腹を下しているか、酩酊《めいてい》時、つまり便所から出られないので神に祈ることしかやることがない時のみである。

よってスピリチュアル系というのは、私の最も対極にいる存在で、わかり合えることはないと思っていた。

しかし、このたび、私とスピリチュアル女の精神構造は全く同じであると判明した。

そしてこれは、私だけではなく、女ほぼ全員の心に巣食っているとも言えるだろう（前回担当が編み出したフレーズだが、女に呪いをかけるのに最適なため、毎回使いたい）。

どこが同じかと言うと、掲げている御旗が「他力本願」と「責任転嫁」であり、心臓に彫ってあるタトゥーが「ＮＯ努力」なのだ。

「そのタトゥーは……まさか姉さん⁉」と、敵だと思っていた相手が、実は生き別れの姉だったと気づいたかのような気持ちである。もちろん、ダメな妹とダメな姉が出会っただけなので特に感動はない。

ただ唯一の相違、そして羨ましい点は、浄化石マスターの友人がいるというところだろうか。

相手が邪気やパワーストーンでなくても、自分が上手くいかないのを何かのせいにし、上手くいかせるために、自分以外の何かに縋《すが》っている状態は、スピリチュアル女ということだ。

今度から、ダイエット商品や自己啓発本を買っただけで生まれ変わった気分になることを、「スピリチュアル状態」と呼ぶことにしよう。

つまり、どんな女の心にも大なり小なり巣食っている精神であり（効率的に呪いをかけたいので何回でも言う）特に珍しいものではない。

だが、その縋っている対象が「スピリチュアル」というのが問題なのだ。

問題、というのは本人にとってではない、周りの人間にとってだ。

「スピリチュアル」というのはリアクションに困るのである。

それ系を信じていない者に対し、邪気や浄化石の話をすると、大体「こういう時どんな顔をすればいいかわからないの」という綾波レイ状態［★29］になる。

しかし、スピリチュアル女はシンジ君のように「笑えばいいと思うよ」とは言ってくれないし、むしろ笑ったら烈火の如く怒るような気がする。

そんなスピリチュアル女からは目に見えて邪気が出ているだろうから、相手に邪気の存在を信じさせるにはうってつけかもしれないが、邪気を出している女とは誰も付き合いたくないものである。

ということは、上手くいかないのは邪気のせい、というのはあながち間違いではないのかもしれない。

信仰対象が、アイドルや2次元な場合はまだいい。適当に話を合わせられるし、逆に真っ向から否定だってしやすいのである。

だがスピリチュアルに関しては、否定してももちろんヤバいが、適当に話を合わせるのもヤバい気がしてならないのだ。

邪気やオーラを感じることはできなくても、スピリチュアル女を怒らせると物理的に悪いことが起きそうな予感だけは、誰もが感じることが出来るのだ。

もちろん無害なタイプも多いだろうが、ヤバい人と思われがちなのは確かであり、実際は、加藤清正の井戸などのパワースポットめぐりをしているくらいなのに、他人からは、平将門の首塚にドロップキックしてそうな人、という印象を持たれてしまうのが、世間一般におけるスピリチュアルのイメージだ。

つまり、スピリチュアル話を聞かされた方は、「あーわかる」「うん、うん」と言いながらフェードアウトしていくのである。

しかし何度でも言うが、これはどの女にも巣食っている精神である。対象がスピリチュアルだからといって偏見を持つのはよくない。

何より、友人になれば、浄化石マスターの友人を紹介してもらえるかもしれないのだ、それだけでも付き合う価値はあるだろう。

浄化石を、水槽の底かよ、というくらい部屋に敷き詰めれば、きっと、痩せて、運命の人と出会え、2兆円を手にすることが出来るだろう。少なくとも足ツボには良いはずである。

［★29］「こういう時どんな顔をすればいいかわからないの」オタクがよく言うが、大体言われた方が「どんな顔をしたらいいかわからない」顔になる。

女子校、女きょうだい育ち

「あなたは本当に恥の程度が低いですね」

育った環境が人格形成に影響を及ぼすことは、紛れもない事実だろう。そういった意味では、我々には生まれながらにハンデ、もしくはシード権がある。もちろん生まれる家は金持ちに越したことはないし、親は偉大な人格者である方がよい。

しかし、もし私が今の私のままで、親が福山雅治と吹石一恵だったらどうだろう。ちょっと冷静じゃいられないし、周りも私の存在にざわつくだろう。なにせ、2人のDNAを皆殺しにしているのだ、文化遺産をダイナマイトで爆破した級の罪人として一生を過ごさなければいけないだろう。

このように、親の影響力が太すぎても不幸になる場合もあるが、しかし最近の歯ブラシみたいに極細というよりは、太いに越したことはないのは確かだ。

余談だが、以前、福山雅治さん宅に女が不法侵入したという事件があった。その時、犯人の女と妻の吹石一恵さんが鉢合わせたという。

片や、福山雅治に妻として選ばれた女と、片や福山雅治の家に不法侵入した女が、正面衝突。トレーラーと原付が勝負したかのような、ベテランでさえ目を背ける現場になったことは想像に難くない。

もちろん勝手に入った方が悪いのだが、同じ、地球、日本、女に生まれて、どうしてこんなことになってしまうのか。どちらかというと犯人の方に、私はシンクロしてしまった。

人にとって環境は大事であるから、恵まれない環境に生まれながら成功した人は美談として語られる。だがそれはごく一部であり、「環境そのまんまで大人になった」というケースの方が多いだろう。

今回は、そんな環境によって作られた女の話である。

【女子校、女きょうだい育ち】

・恋愛ネタに疎く、何なら男は想像上の生き物だと思っている

・よって結婚しにくい
・少女漫画がバイブルで、理想の男子は『ときめきトゥナイト』の真壁くんや、『イタズラなKiss』の入江くん
・男子を意識して行動しないので、恥の程度が低い
・「自虐を制する者、場を制す」の精神で、中心になるには「ナイス自虐」センスが必要
・自分のかわいさをアピールできないかわりに、キャラクターグッズなどでかわいさアピール
・いつまでたっても恋愛ネタが好き、男はすべて恋愛対象に見える（ただし妄想だけ）
・若く見えたい欲が強い
・少女漫画育ちの思考回路で、合コン、デートなどの前には「がんばるぞっ」と気合を入れてみる
・仕事とプライベートの境界線が低く、プライベートが周囲にダダ漏れ
・体育会系ノリ、オタク知識が武器になっていた後遺症で、社会に出てもアピールポイントを間違う時がある
・いつ何時でも自己主張する癖があり、人の話を聞かず自分の話をしたり、

理由はなくてもとりあえずドヤる。口癖は「でも～」で、話の内容を訂正されても「でも～」と遮る

つまり、周りが女ばかりで男がいないという環境で過ごした女のことである。

しかし私は、「女子校だから」「男子校だから」「共学だから」という根拠はあまり信じていない。

何故なら私は、高校時代共学で、男女比は6：4という、なかなか理想的な環境だったにもかかわらず、高校3年間で男子と喋った回数は2回だからだ。

2回なんて、逆に難易度が高いんじゃないだろうか。マリオぐらいの機敏さがないと、3年間で500人はいた男子を避け切れなかったと思うし、もうずっとスター状態だったのかもしれない。

むしろ、「共学という環境に負けなかった」という美談として語ることができる。逆に2回も男子と喋ってしまったのは、「凡ミスでクリボーに当たった」と同じでマイナス点である。

このように私は、家庭には父と兄がいて、学校はずっと共学だったにもかかわらず、

メンタル的にはこの「女子校、女きょうだい育ち」と似た部分が多い。

まず、恥の程度が低い。

未だに私は男どころか、自分以外の生物がいるということすら意識していない格好で外に出てしまう。

それにしても「恥の程度が低い」とは良い言葉だ。どんなに罵倒され慣れていても、「あなたは本当に恥の程度が低いですね」と静かな声で言われたら、その日一日は食欲がないだろう。本当に私の担当は胃へのオフェンスに定評がある。

さらに「いつまでたっても恋愛ネタが好き、男はすべて恋愛対象に見える（ただし妄想だけ）」の部分が色濃く残っている。
恋愛対象とまではいかないが、相手が男であることを強く意識してしまうために、言動が相当気持ち悪いことになってしまうのだろう。そのせいか男友達は皆無だ。

結局「女子校、女きょうだい育ち」という環境は、ただのハンデであり、それも努力次第でどうにかできるハンデでしかないのだろう。
スクールカーストというのは、女子校にも、共学にも、等しくあるのだろう。多分上位陣、カーストトップは、女子校だろうと何だろうと、男を意識したスタイルをしているだろうし、彼氏も普通にいたはずだ。
ただ、男のいない環境で男を意識した振る舞いをするというのは共学のそれより面倒だろうし、校内に男がいない分、男と出会おうと思ったら行動力がいる。

つまり、女子校のカーストトップは、共学のトップよりさらに強いバイタリティがあるということだ。しかしこのような抵抗力がなく、「女子校」という環境に流された者は、「女子校、女きょうだい育ち」カテゴリの女になっていくのだろう。

しかしこういう女は、男への感覚はアレになってしまうかもしれないが、少なくとも、女社会での生き方はそこで学べるはずなのだ。そしてそれは、むしろ男慣れしているより大きな武器になるだろう。

むしろ共学の方が、男慣れもしないし女社会での生き方もわからないという、私のような「地上最弱の生物」の爆誕率が高いような気がする。

だが上には上がいるのが世の中だ。

つまり、女子校で男と接点がないのはもちろん、女社会での生き方もついぞわからなかった、という者が必ずいるはずなのである。

ここまでくると、「環境を最大限に生かし、さらに環境に流されなかった」という地上最強の生き物である。地の利を生かした戦い方をした上、敵の罠にも引っかからなかったのだから。

こういう女のことは、「ニンジャマスター」と呼ぼう。

ある程度はどんな環境でも自分次第、そして物は言いようということである。

ヤンキー

ブラジルぐらい遠いところにいると思ったら、浅草にいた

この連載をはじめてから、「○○女」シリーズとして、「キラキラ系女子」や「ウェイ系女」のような「遠いぜ……」としか思えない女や、六本木ヒルズの屋上で「Tokyoの光……Love」とつぶやいている「逆・鎖国女」など、実在を疑うような、スカイフィッシュ女も多々出てきたが、逆に「スピリチュアル女」のように、対極にいるように見えて、実は隣に住んでた、みたいな女も出てきた。

どんな女が自分と似たタイプであるかは、先入観だけではわからないものだが、今回登場するのも、ブラジルぐらい遠いところにいると思ったら、浅草にいた、みたいな女である。

【ヤンキー】
・ウェイ系の生き方が下手版
・集団行動が好き、イオンに集い、びっくりドンキーで飲み会
・車に『ONE PIECE（ワンピース）』などのぬいぐるみやファーを飾る
・来年のことは考えない
・初詣のお願いごとは「世界平和」だったりする
・先輩が絶大な権力をもつ。先輩と付き合う女はステータスが高い
・「遊ぼう」と言って、やることは日帰りで茨城からお台場に行き写真を撮るだけ
・女が集団に1人という場合もあるが、オタサーの姫のようにちやほやされたいわけではなく、男女の垣根が低いから
・一方、オタクと兼任している場合もある
・お歳暮を包装紙で包むバイトや駄菓子の工場など、地元の地味な職場で働いていることも多い
・犬はチワワ、ダックスフンドなどわかりやすい犬種が好き
・地元の祭りではりきる、処女喪失は祭りか花火大会

私、いや拙者は高校時代、膝下スカートに、白のハイソックス、もしくは、異常に短い白のソックスと、ともかくルーズじゃない（ルーズソックス最盛期でありんした）白ソックスにスニーカーで、何かの使命のようにリュックを背負い、電車でカバーなしの『アンジェリークラブラブ通信［★30］』を熟読するオタクでござったし？　ヤンキーにいじられるポテンシャルすら持っていなかったもんどすから？　いや全く、無関係、感謝の無関係。むしろ彼女らの視界に入っていたのかさえ不明、入ってたとしても「やたらきつい飛蚊症」と思われてた可能性大でござる。

そもそも私が通っていた高校が進学校だったため、ヤンキーというものがほぼ存在せず、スクールカースト上位の目立つ女子でさえ、他の高校から見ると相当地味な方であった。

ある日、クラスに留学生が来た時、先生が冗談で、クラスの派手目の女子を「ディスイズヤンキー」と紹介したところ、留学生は真顔で「ゼンゼンヤンキージャナイ」と、カタコトの日本語で答えた。どうやら彼はすでにホンモノを見ていたようだ。

そんな環境だったため、駅でたむろするホンモノのヤンキーを見ると、「異人さんや」と思ったし、もちろん関わりもなく、関わりたくもないと思っていた。

しかし、ヤンキーにも色々いるのだと大人になって知った。

簡単に言うと、積極的に法を犯し、大人になっても主に法を犯す職業に就く、とにかく法をＦＵＣＫしすぎなタイプのヤンキーと、ただ派手な格好をし、飲酒喫煙をし、学校をサボる、またはドロップアウトする、ヤンキー同士でケンカをするなど、法律や規則はそこそこ破るけど、犯罪はあまりしないヤンキーがいる。

前述のヤンキー女はおそらく後者である。

先生や、大人ウケはそんなに良くないが、ヤンチャな仲間（ファミリー）と、海や駅前（住んでいるのかというぐらい駅前にいる）で楽しい青春を送ったタイプだ。

そんな、祭りの夜にミニバンの後部座席で処女喪失したであろう女と、アンジェリークのオスカー様の台詞が暗唱できた私にどんな共通点があるかというと、「保守的」「上昇志向が低い」点である。

地元と仲間（ファミリー）を愛している、と言えば聞こえがいいが、「ぬるま湯から出たくない」とも言えるし、さらにそのぬるま湯には仲間（ファミリー）も一緒に浸かっているので安心できる。

同じく私も地元を出たことがない。ただ私が浸かっているのは、湯というより「六《ム》一《ト》〇《ウ》ハップ［★31］入れた？」みたいな、異臭を放つ黄色の液体な上、周りに誰一人いねえ、という貸切状態であり、「出るべきだ」とは思っているものの、出られない。

出られない理由はヤンキー女と同じだ。

「出たら多分寒い」からである。

そして「じゃ今のままでよくね？」となるのだ。

私たちのようなタイプは、上昇志向の強いキラキラ系や自分探し系などから見ると、低い場所で低い仲間とくすぶっているという、焼肉食べ放題１９８０円で使われている備長炭みたいな女かもしれない。

しかし、都会を羨みながら田舎でくすぶっている、私のような焼け残り綿入れ女とヤンキー女には、大きな差がある。

それは、ヤンキー女は「現状に割と満足している」という点だ。

何たって、まずヤンキー女はイオンが楽しいのだ。この「イオンで満足する力」は強い。そこにスタバが入っていようものなら、「テンションぶち上げ」で、そこは東京ディズニーランドになる。もはや都会になど行く意味も必要もなくなる。

　上昇志向というものは、上昇できないのなら、あってもつらいだけなのだ。

　またそこに仲間（ファミリー）がいるヤンキー女と違い、ボヤ現場で半焼している毛布みたいな女というのは、ずっと地元にいるにもかかわらず、実は地元にもそんなになじめていないため、「自分の居場所はここではないのでは？」と思ってしまうのである。

　だが思うだけで行動に移す勇気がないので、ずっと37度の六一〇ハップから一人出られぬのである。

　一方ヤンキー女はそんなことは考えず、海をバックにファミリー10人ぐらいで写真を撮って、そこに「10年後もこの場所で……この仲間と……Forever……」とポスカで書けてしまうのだ。

10年後もこのままでいいと思えるなんて、なかなかないことである。大体が来年は別の場所にいたいと思いながらも、また同じ場所で自撮りしているものだ。

キラキラ系や自分探し系は、上昇志向が強く、さらに現状満足度が低いのだろう。だからむやみに上を目指したり、今の自分じゃない自分を探してしまうのだろう。

別に上下スウェットにキティちゃんのサンダルでドンキの妖精になる必要はない。だが、今の自分に満足する力というのはヤンキー女に学ぶべきかもしれない。

［★30］恋愛シミュレーションゲーム『アンジェリーク』のファンブック。今思えば内容は何もなかった。
［★31］入浴剤。臭い。肥溜めに浸かっている気分になる。

干物女

いわば女界の退役軍人である

今回のテーマは「干物女」である。

この干物女、今まで触れていなかったのが不思議なくらいメジャーな女であり、それゆえに気づかなかったのかもしれない。灯台下暗しというように、気づいたら冷蔵庫で干からびている、そんな幸せの青い鳥のような存在なのかもしれない。ただリアルに青くなっているものがあったらそれはカビなので即捨てよう。幸せが逃げるどころの騒ぎではない。

「干物女」という言葉が広まったのは、漫画『ホタルノヒカリ』の主人公が作中でそう評されていたことからだと思う。

だが、その定義はただ「だらしなくてモテない（恋愛に消極的な）女」というわけではない。干物女というのは、「活きのイイ魚時代を経て干物になった女」を指す。

割と早い段階で色々と諦めて、干物化する女もいるだろうが、「キラキラ」から「スピリチュアル」まで、ありとあらゆる武器で戦ってきた女がついに、ついにゴルゴタの丘ですべての武器を捨てた、というような伝説の老兵の如き干物女も存在するのである。

よって、干物女は、不戦敗を繰り返すモテない女（喪女《もじょ》）とは別カテゴリであり、いわば女界の退役軍人である。

ちなみに、生まれてこの方、ずっとだらしなく、男と付き合ったことがない女は、干物女ではない、「生き腐れ女」である。

そうした干物女が、パワーストーンや自己啓発本という名の、銃や手榴弾を捨てて、吉良吉影《きらよしかげ》［★32］のように、植物のような静かな生活が送れるかというと、吉良吉影が全然静かな生活を送れなかったのと同じように、むしろ引退してから敵が増えるという、ハリウッド映画のような展開を見せることがある。

それもジェイソン・ステイサム［★33］が毎日襲ってくるとかなら楽しいが、現実は００７のオープニング戦に巻き込まれる町民みたいな連中が襲ってくる。

まず、世間はいい年して女の子ぶっている女に厳しいが、女であることを放棄している女にも厳しい。

「まだ乾かへんぞ！」と浅瀬で土俵際の粘りを見せている同年代女にとっては、こうした女は格好のマウンティング対象（「○○さんみたいに肩の力抜いていきたーい」などと言われる）であり、男にとっても、女を捨て気味な女はいじりやすいため「そんなんじゃ、嫁のもらい手がないぞ（ドッ！）」というような、セクハラギャグの餌食になりやすい。


また、「これからは楽に生きよう」と言うと、どこからともなく「諦めんなよ！」と松岡修造みたいな奴が現れる。

ホンモノの修造なら、「もうちょっと頑張ってみっか」という気にもなるかもしれないが、そのニセ修造の右手には、固く握られた拳の代わりに、捨てたはずのパワーストーンや自己啓発本が握られている。


「つまり、もういい年だしと言って乾きはじめると「アンチエイジング！　アンチエイジング！」と叫びながら棍棒で殴ってくる奴がいるのである。

「いつまでも女の子ぶるな」は長年トップランナーとして走り続けてきた女への呪い

だが、最近では「いつまでも女でいろ」という呪いも、追いつけ追い越せのデッドヒートで、日々切磋琢磨しながら、こちらに向かってきているのだ。

そういう雑音に対し「肴《さかな》は炙《あぶ》ったイカでイイ」と同じ調子で、「肌には薄めたオロナイン」と言い切れればいいのだが、干物女だって、ある日突然「干物王に俺はなる!」と燻製《くんせい》器に突っ込んでいったわけではなく、だんだん色んなものに疲れて干からびていった場合が多いため、周りにあれこれ言われると「やはりこのままではダメなのか!?」と思ってしまうのだ。

捨てたエロ本を午前2時集積場に取りに行くように、庭に埋めたパワーストーンを掘り起こすだけならまだ良いが、大体の女が、また新しい石を買ってしまうのである。

そもそも、生涯キラキラ、もしくは生涯干物という女の方が少なく、大体が、キラキラと干物の反復横跳びであり、それをいつ止めるかの違いしかないのだが、完全に止まった、と見せかけて、壊れたと思っていたフラワーロックが突然踊り狂いだすように、いきなり立ち上がり、目にも止まらぬ速さで横にスライドしていくものなのである。

よって、今、自分はもう完全に干物で平和だ、と思い込んでいる女でも、死ぬまで

油断は出来ないので、気合いを入れて干からびておく必要がある。

つまり、干物女とキラキラ女のような「頑張ってる系」は、同一線上にあるのだ。

しかし、干物女の方が圧倒的に周りにあれこれ言われやすいのである。キラキラ女だって目立つし鼻につくので、あれこれ言われるだろうと思われるかもしれないが、それはあくまで、陰であれこれ言われているのであり、面と向かってキラキラ女に「キラついてんじゃねえよ、ツヤ消しぶっかけるぞ！」と言える奴はそうそういない。

だが干物女というのは、女から見て

も男から見ても、直接言いやすい存在であり、むしろ「こいつはこのままじゃダメだから何かアドバイスしてあげないと」と、親切心で大上段からあれこれ言われてしまうのである。

そう言われるとやはり気になってしまい、歴代最高値のパワーストーンを入場券代わりに、また反復横跳び会場に舞い戻ってしまうのだ。

干物女に必要なのはやはり、外野の声に「ひよっこが何か言っておるわ」と、炙ったイカをしゃぶれる、伝説の老兵精神なのだろう。

［★32］荒木飛呂彦氏の漫画『ジョジョの奇妙な冒険』のキャラ。静かに暮らしたかったのにやかましい人生を終えた。爆殺されるなら吉良吉影。

［★33］『トランスポーター』や『ワイルドスピード』に出演したハリウッド俳優。どうせ暗殺されるならジェイソン・ステイサム。

第2部

女の生き方

女友達の作り方

問題は友達がいないことではない、いない理由だ

長きにわたる「○○女シリーズ」で、「女は結局、どう成長してもキツいから気にすんな！」という非常に前向きな結論が出たので、そろそろ新章にいこうということになった。映画で言えば『ＳＡＷ２』『ファイナル・デスティネーション２』みたいな感じだ。

これからは「女同士の関係性について考えたい」と担当から言われた時点で嫌な予感がしたが、新しく送られてきた担当メモを見て予感は確信に変わった。

「女同士が傷つけず傷つかない関係性を築くために・・・」

１行目からこれである、この「・・・」。

あきらかに、相手に「見逃してもらえるかも」と期待を持たせた後で殺すタイプだ。三点リーダーを使わないあたり、「じっくり殺らせてもらいまっせ」感が出ていて怖い。

というわけで今回からは「女同士の関係性」について考えてみたいと思う。

まず第1回目のテーマは、「女友達の作り方」だ。

「じっくりやる」と思わせて、いきなり眉間《みけん》を一発である。

女友達の作り方、……わからぬ。これがわからないことで学生時代ずっと悩んできたし、今も現在進行形で悩んでいる。

そういう奴に「友達の数を数えろ」と言うのは、「指を1本1本切り落とせ」と言っているに等しい。

もちろん「4人ぐらい」などという曖昧な数字は許されない。担当のことだから「一人一人実名を挙げながら言え」と言うに決まっている。

こうして具体的に顔を思い浮かべていると、「こっちは友達と思っているが向こうは違うかも」という疑心暗鬼に陥るし、「いつもグループで集まっているが、あのメンバーとマンツーマンで会って果たして間がもつのか」という疑問にぶちあたり、「実質ゼロ」という結論になりかねない。

第一、友達がいないことは悪いことなのか？　いや悪くない、そもそも「友達がいない」という言葉は万難を隠してくれる魔法の言葉だからだ。

問題は友達がいないことではない、いない理由だ。中には特殊なサングラスをしないと目からビームが勝手に出る体質で友達がいないという人間もいるだろうが、大体が、他者への興味、思いやりが圧倒的に足りてない、人の話を聞いてない、自分の話ばかりする、または全くしない、話しかけられるのを永遠に待っている、話しかけたところで会話を0・5往復で終わらす、全ての言葉に「でも」がつく、風呂に入ってない、という理由で友達がいないのだ。

それらの欠陥全てを「友達がいない」の一言で済ませられるなら安いものだ、どんどん使っていきたい。

これは、ただガサツでズボラなのを「女子力が低い」と言っているのに近い。むしろ誇らしげにステータスのように言う女さえいる。これはおそらく、女子力が低い＝サバサバ系であるという自己主張なのだ。そういう相手に「他者への配慮に欠けるタ

イプなのですね」と言うと、ものすごく粘着質そうな、嫌な顔をする。

結局「友達がいない」というのは、よほどの理由がない限りは、欠点である場合が多いし、ステータスにはなりえない。

そして、どれだけ自分が、友達がいなくて平気であろうとも、世間的には「友達はいた方がよく」、逆に「いないのは不幸」なのである。

つまり、友達はいないよりはいた方が色々円滑であり、少なくとも他人からは人間としてもまともだと思われるのだ。

ではどうやって友達を作ったらいい

か、となると、また「わからぬ」になって、泥人形を友達と呼んでしまう。
そもそも友達というのは、大人になるとさらにできなくなる。

何せ、大人というのは、初対面が大体敬語である。敬語から友達になるのは、相当な難易度だ。いつタメロにするか。これは、マリオが動く足場に飛び乗るが如きタイミングの見極めが必要だ。見誤ると死である。

だからといって、初対面でタメロというのは、「来日2週間目」とかでない限り許されない。

学生時代は、人懐っこく、フランクな方が生きやすいのは、周りが同世代ばかりだからだ。しかし、社会に出ると、様々な世代がいるので、そのノリでいくとまずい場合が多い。

しかし、女の多くは、言葉遣いがゆるい若い女に対し「目上に対してそれはない」と面と向かって注意はしない。むしろ、ニコやかに対応しているのだ。

私などはそれを見て、やはりああいうタイプが、どこへ行っても好かれるのだと思った。というか「そう思っていた時期が俺にもありました」だ。

何故なら、陰では全員そのタメロ女の悪口を言っていたからである。

これは、恐ろしい話である。全員表ではその女と友達のように話しているのだ。つまり今この瞬間、笑顔で自分に対応してくれている女が、全員陰で自分の悪口を言っているかもしれないということだ。

結局大人になると「礼儀のなってない奴」はダメなのである。

つまり、敬語からタメ口のタイミングを外すと、この「礼儀のなってない奴」にされる可能性があるのだ。

それで悪口を言われるぐらいなら、ずっと敬語で他人行儀なままでいいと思ってしまうだろう。

こうして、コミュ障の中に非常に多く見られる「誰でも敬語マン」が爆誕するのである。

犬相手にでも永遠に敬語にしとけばとりあえず間違いはないだろうと、動く足場の前でずっと棒立ちしているマリオである。

そもそも人によって言葉遣いを変えるなどという高度な技術は、「オレ　オマエコワイ」しか言えないコミュ障には到底無理なのである。

しかし、社会に出ると学生時代と違い、「仲良くなる」ことより「間違えない」ことの方が重要なのだ。敵さえ作らなければ、会社の人間と友達になる必要は特にない。大人になると、会社内だけではなく、学生時代より格段に「友達がいない弊害」が減るのである。社内で突然「2人組を作れ」とか言われたことがあるだろうか。友達がいないことを懸念して、上司や社長が家庭訪問に来ることがあるだろうか。

大人になると、「友達ができにくい」が「友達が必要な場面が減る」に変わる。

つまり、大人になって無理をして友達を作ろうとするのは、特に必要のないものをリスクを冒して得ようとしているということである。

マリオが、ピーチ姫ではなく、よく知らないブスを助けるために、クッパ城に乗り込んでいるようなものだ。

学生時代は女友達がいないことに悩んでいた。それだけ実害があったからだ。

しかし「性格が悪すぎて友達がいない」の「性格が悪い」という部分は悩むべきかもしれないが、「友達がいない」ことに関しては、もう悩む必要などないのかもしれない。

女にとっての年齢問題

「ＪＫのころまで時間を戻してあげよう」と言われたら、「めんどくせえ」

某女性誌がＷｅｂで「年齢による女の市場価値」をテーマにした記事を掲載して大炎上した。

もう女の年齢というのは「えーでは、今から私がキャンプファイアーになりますので、みなさん、鬼の形相で踊り狂いながら罵詈《ばり》雑言《ぞうごん》を吐いてください」という、笑点のテーマでない限りは触れるべきではないということである。

仮に笑点だったとしても、そんなお題が出た日には、世界一訃報が出ないことで有名な歌丸前司会者［★34］だってどうなったかわからない。年のことを刺激された女に慈悲はないのだ。

自分で年齢や容姿のことを自虐ネタにする女はいる。しかしそういう女ですら「他人には言われたくねえ」と思っている。むしろ他人に言われたくないから先に自分で言っているのだ。後ろから刺されたくないから、切腹しておく、みたいな話である。

前置きが長くなったが、今回のテーマは「迫る加齢の波」、女にとっての年齢問題である。

これだけ炎上してしまうということは、やはり年というのは女にとって大きな関心事、かつ問題であり、それゆえにあまり触れられたくないということなのだろう。

では、女は若い方が良いかというと、肉体的には、女だろうが男だろうが、生物としては若い方が良いに決まっている。

体も脳も衰えて良いことなど一つもない。私も30半ばになり、体力や集中力がなくなったのはもちろん、物忘れがとにかく酷くなった。

物を一旦どこかに置き、3分もすれば置いたことすら忘れているので、1日に「千の神隠し」が起きる。ここに千尋が入れば、少女が主人公のファンタジーになるが、これはひたすら、中年女が物をなくすだけの物語である。

30代でこれだと、これから先どうなってしまうのか、恐怖しかない。そうならないために体力づくりや脳トレなどをすればいいのだろうが、若いころは何もしなくてもあったものが、年を取ると努力なしでは得られなくなるというのは、大きなデメリットであり、ショックですらある。

よって、私は肉体的には若い女が羨ましい、これは確かだ。

ではそれ以外のところで羨ましいかというと、「思ったほどではない」というのが個人の感想だ。

もちろん「思ったほど」というのは、若い女を八つ裂きにして生き血を浴びまくることなのだが、このような危害を加えるほどまでには羨ましくない、というのは確かだ。

私もOLをやっているので、中年以上の女性社員が20代の女子社員に「やっぱり若いっていいわね〜。私ぐらいの年になるとすぐ……」みたいな絡み方をして、女子社員は、何と言っていいかわからず薄ら笑い、みたいな構図を週1ぐらいで見ているし、私も20代のころはそれを言われてきた。

確かに何とリアクションしていいかわからないし、むしろ変なことを言うと角が立つ。「動いたら死ぬ」罠みたいなものなので、薄ら笑いしかすることがないのだが、そう言われて悪い気はしなかったし、優越感も感じていた。

しかし、言う側の年齢になってわかったが、羨む気持ちも確かにあるが、大半は若い女に対する社交辞令で、何より「若さを羨む中年女」という鉄板芸を見せておけば、周りが「よきかな」と納得するという利点があるから言っているのだとわかった。

「言う側の年齢になった」とは言ったが、コミュ障かつ社会性のない私は、未だに若い女子にこういうことが言えない。よって、言っている人を見ると「大人だ」と感心する。

私が「若い子はいいわね」と言いだした時は、本気で羨ましい場合であり、もちろん瞳孔《どうこう》が開いているので、若い女は八つ裂きにされる前に逃げてほしい、体力がないので余裕で負けると思う。

では、どうしてそこまで羨ましくないかというと、別に若いころに戻りたくないからだ。

つまり「ＪＫの体に戻してあげる」と言われたら、ボイレコ片手に「言質《げんち》とったぞ」と言うが、「ＪＫのころまで時間を戻してあげよう」と言われたら、「めんどくせえ」と思うのだ。

若さを羨む理由の一つに、「将来性の有無」がある。

何かをはじめるのに遅いなんてことはない、と中年に金のかかる趣味を勧める雑誌は言うが、やはり若いうちにはじめた方がいいし、転職なんて絶対若い方が有利だ。「若いんだから何にでもなれる」とまで言う人さえいる。

そういった意味で「あのころの自分に戻ってやり直せたら」と思うことは

ある。しかしそういう妄想をする時は大体「あのころの自分」ではなく、「別人のように生まれ変わったあのころの自分」で考えてしまっている。

そういう自分なら、あのころ諦めた夢を次々に叶えるだろう、何せ別人なのだから。

だが現実は「所詮今より若いだけの自分」である。あのころやらなかったことは万が一時間が戻ってもやらないし、「昔の自分に戻って同じ事を繰り返せ」と言われたら、「めんどくせえ」としか言いようがない。

それに若いころの自分が「所詮、今の自分が若いだけ」なら、今の自分も「所詮、私が年取っただけ」である。

今の自分が大したものを持っていないなら、若いころの自分だって当然何も持っていない。年を取ると大きなものを失った錯覚に陥るが、もとから無いものは無くせない。つまり肉体的若さという誰もが平等に失うもの以外、「何も失っていない」とも言えるのだ。

しかし某女性誌が「美人の38歳とブスの27歳、付き合うならDOTCH」と、年齢と容姿、2大アンタッチャブルなモノを掛け合わせ、さらに男に値踏みさせるという、全裸でガソリンを浴びた後、窓辺で一服、みたいな超クールなことをしてしまったのも、「若い子はいいわね、私はおばさんだから」という、女の自衛切腹を世間が真に受けたせいかもしれない。

社交辞令は必要だが、羨ましくもないものを羨ましがってみせるのはやめた方がいいのかもしれない。羨ましがる時は、本気、瞳孔全開、相手を八つ裂きにしたい時だけにしよう。

［★34］落語家の桂歌丸。『笑点』第1回からの大喜利メンバーで、5代目の司会を務めた。2018年7月に死去。

顔面レベルの掟

見た目が、人間関係に影響を及ぼすものだということは知っていたが、「掟」と言われるまで厳しいものだとは知らなかった

人は見た目ではない。

確かにそうかもしれない。

しかし、どんなに美味い飴でも、その周りがウンコでコーティングされていたら、まず口に入れる気にもならないだろう。

つまり、中身がどんなによくても、まず人が近づいてみたいと思う、少なくとも遠ざけない見た目をしていないと、誰も中身まで到達してくれないのである。

「話してみたらいい奴だった」の「話す」までにいかないのだ。


というわけで今回担当から出されたテーマは、人にとっての見た目がどれほど人間

関係に影響があるのかを問う、「顔面レベルの掟」だ。

いや、見た目が、人間関係に影響を及ぼすものだということは知っていたが、「掟」と言われるまで厳しいものだとは知らなかった。担当のせいでまた一つ人生が不自由になった。


担当のメモには、「自分より明らかに顔面レベルが上のキラキラ女と何を喋るといいのか？　またそういったキラキラ女とは友達になれるのか？　女も見た目で友達になるか判断しているのか？」と書かれていた。


とりあえず担当はキラキラ女が嫌いなことはわかったが、問いに対する答えはこれから考えることにしよう。

まず大人になると、職場に男子小学生がいない限りは、面と向かって「ブス」などと言われるケースはほぼない。

そうなると、容姿で受ける不当な差別というのは、「態度や扱いの差」になってくる。

では、何故そのような差別を受けるかというと、そこに比べる対象がいるから、つまり、自分より上の女といるからである。

職場に同じようなブスが3人しかいなかったら、3人まとめて無視されるという平等、世界平和が訪れる。

比較をされたくないなら、自分と同レベルの顔面とつるむ、逆に比較されることで得をしたいなら、自分より顔面レベルが下の女を周囲に置くのがベストだ。

ただし後者を選択すると、どんどん低みを駆け下がっていき、最終的にデスクの周りをメスのカナブンで囲むしかなくなるのでほどほどが良いだろう。

ならば、顔面高レベルの女とは一切関わらない方がいいのかというと、これは本人の意識の問題だろう。

世の中には、自分より格上の女と一緒にいることで刺激を受け、自らのレベルを上げようとする女もいる。

キラキラ女というのは、周囲にワックスが剝げた床みたいな女を配置して、自分が輝いているように見せかけている女のことではなく、むしろ輝いている人間の隣に行って、自分も光っているように見せている女だろう。インスタに著名人とのツーショットを載せたがるのは、まさにそれだ。

そのうち、そういう輝いている人間をレフ板のようにしなくても、自分自身が輝きを放てるようになるというわけだ。

確かにレベルの高い人間と行動を共にした方が、自分のレベルも上げやすい、というモンハン理論［★35］は当然の理屈のように思える。

しかし何度も言うが、これは本人の意識の問題だ。

「イケメン怖い」という言葉を知っているだろうか。

イケメンを見ているだけならいいが、一緒にいると、内心バカにされているのではないかと思ったり、いつイルカの絵の複製を50回ローンで買う話や、神や宇宙についての話題が出てくるんだろうと、気が気じゃないので、イケメンと一緒にはいたくない、という奴だ。この思考は美人といても大体同じである。

そういう人間にとって、美人やイケメンというのは、「俺様の卑屈心に火をつけやがる存在」なのである。

顔のいい奴の親切は裏があり、陰では自分を笑っているはずなので、感謝しない、むしろ迷惑。

周囲もこんなブスと美人が一緒にいることを笑っている。

おい、今お前、なんでこいつには渡してアタイには消費者金融のポケットティッシュ渡さねえんだよ、どう見てもこっちの方が必要そうじゃねえか。あれか、こちとらがブスであっちが美人だからか、責任者呼べ。とりあえずジャンプ！　ジャンプ！　なんだ320円しか持ってねえのかシケてんな、おい！　とりあえず死ね。

というように、顔のいい人間といるだけで、「類稀《たぐいまれ》なる疑心暗鬼と被害妄想」という、秘められたポテンシャルが完全覚醒してしまう女もいるのだ。

つまり容姿のいい女と一緒にいてレベルが上がる女もいれば、『トルネコの大冒険「★36」』で不思議な踊りを食らったが如く、レベルが下がってしまう女もいるのである。

よって、顔がいい女の方が「お前と一緒にいると私の顔の黄金比が狂う、何のスタンドだ」などと具体的に攻撃してくることは稀で、大体こっちが勝手にダメージを受けている場合が多いのだ。

では、顔面レベルの高い女とは何を話したらいいのだろう。

顔がいいんだから、まず顔を褒めたらいいんじゃないかと思うかもしれないが、これは逆に相手を困らせる場合が多い。何故なら褒め言葉を言われた方はリアクションに困るからだ。

「美人だよね」と褒められて「うん、そうだよ」と言ったら、「嫌な女だ」と思われるし、「そんなことないよ、ブスだよ」と言ったら、「ブスなわけないだろ、わかっているくせに嫌な女だ」となるし、「普通だよ」と言ったら、「貴様が普通だったら私は何だ、鉄クズか、なんて嫌な女だ」となってしまう。

つまり美人に対し、「美人だ」と褒めるのは、ある意味相手を袋小路に追い詰める行為なのである。

よって、美人を詰めてやりたいと思ったら、出来るだけ女がたくさんいるところで、「○○さんって美人だよねー?」と疑問形で褒めてやればいいのだ。

〔★35〕ゲーム『モンスターハンター』。最初は誰の腰ぎんちゃくになるかが重要になる。
〔★36〕ドラゴンクエストから派生したゲーム。

広く浅くの付き合い方

何を話したらいいかわからねえ。

多くのコミュ障が抱える悩みだ

今回のテーマは、「趣味と環境」である。

担当メモによると、「職場や学校で何となく誰とでも仲良くなれる〝浅く広く女〟と、趣味の場でだけソウルメイトをみつける〝狭く深く女〟は、どちらが幸せなのか？」とのことだ。


以前「大人になると、友達の必要性は学生時代より格段に減る」と書いた。

だとすると、前者のような、歓迎されていない客に出されるカルピスの如き薄い友達をたくさん作る女より、原液をビンから直に飲むような会話のみができる、生活習慣病友達が作れる後者の女の方がいいように思える。

確かに、大人になると無理に友達を作る必要はない。

しかし、「誰とでも広く浅く当たり障りのない会話をする能力」がないことに対するコンプレックスは、年を取ってからの方が強くなる。

誰だって、気の合う仲間と永遠に、とうらぶや艦これ、ガルパンや、まどマギ、何でもいいが、とにかく自分の得意分野の話だけして過ごしたいものである。

しかし、そうもいかない時がある。というか、そうじゃない時の方が大人になると圧倒的に多くなる。そんな時、上記の誰とでも広く浅く当たり障りのない会話をする能力がない人間にとって、「そうじゃない」時間は非常にキツいのだ。

何を話したらいいかわからねえ。

多くのコミュ障が抱える悩みだ。

たとえば、年に1、2回程度しかない、あらゆる世代が入り交じった親戚の集まり。共通の話題など、「今頭上にある空が青い」ぐらいしか見つからぬ。よって誰かの話に、半笑いで、頷いているんだか、寝かけてるんだかわからない揺れをし続けるしかない。

その内、気配りできる人が「あっ、こいつ全然しゃべってねえ！」と気づき、例の当たり障りのない会話ボールを投げてくれる。

それに対し、習字なら花丸がつくほど美しい「くの字」になって、投げられたボールを完全スルー。

いつの間にかキャッチボールからドッジボール［★37］に変わっているという事態に、ボールを投げてくれた人は、半笑いで縦揺れ、そして訪れる沈黙。

私は30代半ばになった今でも、現役でこれをやっている。野球選手なら相当なベテランだが、未だに引退の打診はこない。

一体いつまで、こんな渋々連れてこられた中学生みたいな態度を取り続けるのだろうか。苦痛というか羞恥である。そして、同年代でボールを投げる役をやっている女に対し、並々ならぬ羨望、そして凄まじい劣等感を覚える。

では、こういう広く浅いタイプの女は話術に長けていて面白い話をしているのか、というとそうでもない。むしろコミュ力のある人間ほど、「空は青い」ということを臆面もなく言っている。

つまり、「どうでもいい話」をしているのだ。

だが、「どうでもある話」というのは、この「どうでもいい話」を経ないと出てこない場合の方が多い。

人間誰しも初対面の時は、「周りに空気がある」ぐらいの共通項しかない。だがそういうわかりきっていることをわざわざ口に出すことで、新たな共通点が見つかったりするのだ。

「今、私の周りに空気があります」「奇遇ですね、私もです」「80%ぐらいは窒素です」「え？　もしかして20%ぐらいは酸素ですか？」「もしかしてあなたも？」

と、このように、会話が広がり、最終的にお互いが穴兄弟だということが判明し、固い握手を交わすに至るのだ。


しかし、何せ、どうでもいい話である。思うように弾まないことだって多々ある。

しかし人間関係というのは、最初は男の乳首ぐらいの凸であったとしても、取っ掛かりを見つけてよじ登っていくしかないのだ。

「ネットで知り合った夢女子のオフ会」のように、いきなり自分の彼氏（2次元）の話だけできる場などそうそうないのである。

コミュ障には、このどうでもいい話、つまり「世間話ができない」という特徴がありがちだ。

何故できないかというと、自己評価が異常に低いため、こんなつまらない話をしたら相手が不愉快に思うのではないかとか、趣味とか休日何やってんの？といったプライバシーに関する質問は失礼に当たるのではないかと考えてしまうからである。

これは一見謙虚に見えるが、その裏には、「猛烈に自分が恥をかきたくない」という心理もあり、つまらない話をしてスベるぐらいなら黙って相手の話に頷くだけ、という安全圏にいた方がいい、という自分かわいさだったりもする。

また、ソウルメイトと濃い会話ばかりしていると、薄い場で薄い会話ボールを投げられた時に、「何でこの人こんな、どうでもいい話するんだろう」と、それが相手の気遣いであることにすら気づかず、斬鉄剣《ざんてつけん》をかまし、「またつまらぬ会話を切ってしまった」と得意げにすらなってしまったりするのだ。

良いとか悪いとかではなく、「広く浅く誰とでも話せる」女は偉いと思う。よって、あまたの会話を斬鉄剣で切ってきた私如きに、未だに空が青いとか暑いとか寒いとか声をかけてくれる人に対しては、畏敬の念を抱く。

だが私はコミュ障なので、そのたびにくの字になりながら「そっすね」とだけ言ってしまうのだ。

［★37］投げた会話を避けられるドッジボールと、お互いの言いたいことをただぶつけ合うドッジボールがある。

親戚や近隣住民との付き合い方

人生ロスタイムに入っている人間に対し、「やっぱコミュ力だよね！」と言い出すのは優しくなさすぎる

◇孤独死しないために…

担当からのネタメモの書き出しだ。

三点リーダーをつけると、何にでも余韻が出てくるというのはわかったが、全く情緒のないテーマである。

だが年を取るごとに、人生からロマンが消え、代わりに畳臭さが漂い、そのうち、風に乗って病院の消毒液臭がやってきて、いつの間にか充満しだすものである。

子ども時代、ノストラダムスに脅されていた世代が今、「お前らの老後はとんでも

ないことになる」と煽られているのだ。しかもこの予言は、ノストラダムスより相当信憑性が高い。

すると、「メディアの煽り記事を鵜呑みするな、貴様のような情弱がトイレットペーパーやピザポテトの買い占めをして場をさらなる混乱に陥れるのだ。1918年の米騒動も元をたどれば貴様のせいである」と怒られてしまうのだが、かと言って「孤独死とか都市伝説」と決め込んで、全く対策をせず実際に孤独死したら、「何故警告したのに何の準備もしていなかったのか情弱め、自己責任だ」と怒られるに決まっている。

すでに孤独死しているなら怒られても平気かもしれないが、それまでの過程がつらそうだ。

よって、焦ってピザポテトやカールを買い占めるが如き行動を起こすのはあれだが、何らかの対策は考えておくべきだろう。

私もそう思い、老後対策について調べることが増えたのだが、とりあえず「親戚や近所の人間と密なコミュニケーションをとりましょう」と書いてあるものは唾棄《だき》するようにしている。

すでに人生ロスタイムに入っている人間に対し、「やっぱコミュ力だよね！」と言い出すのは優しくなさすぎる。今までの人生でずっと言われてきたことを、この期に及んでまだ言われるかと思うと暗澹《あんたん》たる気分だ。

大体、高2の時持ち上げられなかったバーベルが、80超えて軽々いけるようになるなんてこと滅多にないだろう。若いころコミュ力がなかった人間が老齢になって突然目覚めるなんてほぼない。むしろさらにダメになっている可能性が高い。

それに、コミュ力がなければ野垂れ死ぬ社会なんておかしいだろう。日本語が3語ぐらい話せれば助けを求められる社会制度とかの方が重要だ。

だが「人付き合い大事」も、ウソではない、むしろ正しい。

人付き合いができていれば、少なくとも「何かあった時、早めに気づいてもらえる率」が上がるからだ。それができない人間ほど、「どうしてこうなるまで放っておいたんだ」案件を発生させるのである。

つまり、最終的に孤独死だったとしても、「孤独死早期発見選手権」の勝者になるには、やはり人付き合いは重要になってくるのだ。

優勝は無理でも、予選ぐらいは突破したい。それを目標に、人付き合いについて考えていきたいと思う。

老後や孤独死対策の人付き合いといったら、まずは親戚だろう。近所付き合いも大事かもしれないが、庭先や屋根の上で死んでいない限りなかなか気づいてもらえない気がする。

一方、重要だが、もっとも面倒なのが親戚付き合いだろう。

担当のネタメモにもこう書かれている。「気の合わない親戚のババアとどう付き合えばいいのか」と。

突然口が悪くなる担当を見ていると、我々には老後の前に更年期という問題が待ち受けている、と身が引き締まる思いだ。

そもそも「親戚のババア」とは何か、担当曰《いわ》くこういう生き物である。

「親族の噂話が大好き。遺産の全取りをたくらんでいる。冠婚葬祭や正月などに会ってしまう。結婚や出産ネタに対してのデリカシーがない」

一言で言うと関わり合いたくないタイプだが、他人と違って避けきれぬのが親戚だ。落石注意の落石みたいなものである。

自分は処世術の達人ではないし、むしろ、「孤独死早期発見選手権」書類審査ギリ落ち、ぐらいのコミュ障なので、「親戚にそういうババアがいないことを神に祈る」ぐらいしか思い浮かばないが、それではあんまりなので、発言小町とかＹａｈｏｏ！知恵袋など、賢者が集う森から意見を集めてみた。

賢人曰く、そういう噂、悪口しか言わない嫌味なクソババアというのは、自分の生活に不満しかない不幸な奴なのだから、ムカつくより哀れめ。そもそも短い人生、そんな大便お婆さんのことで悩んでいる時間がもったいないではないか、ないものと思え、何を言われても１ワードしか登録されてない

botのように「そーですね」と言っておけばいいのだ、とのことである。

賢人も超口が悪いが、言っていることは正論だ。それにババアというからには、自分より年上だろう。どんなにウザくても自分より先に死ぬのだ。

結局、避けようがないものなら、極論で考えて苦痛を軽減するしかないのだ。何を言われても、「どうせ自分より先に死ぬ」「少なくとも今、死ぬまで殴れば死ぬ」と思えば、無心で「そーですね」と言えるものである。

それに、自分より先に死ぬなら、「老後対策」には全くの無用である。老後を考えるなら、親戚付き合いも、自分より若い世代と仲良くした方がいいのではないか。

さっそく若い親戚に近づこう。話題は、親族の噂や悪口がよいのではないだろうか。

孤独死しないための老後を救う親戚付き合いの仕方はわからなかったが、「どうやって親戚のクソババアが生まれるか」は、何となくわかった気がする。

ママ友との付き合い方

やっと学生時代の地獄が終わったと思ったら、さらにハイレベルな地獄が待ち受けている

今回は「ママ友とどう接したらいいか」というテーマだ。

どうしたらいいか、と言われても、まず手前がママじゃないという問題がある。もっと言うなら、このテーマを出してきた担当もママじゃない可能性がある。

ママじゃない2人が、「ママ友って面倒よねー」と、何かわかった顔で語れば語るほど、モノホンのママたちは苛立ちを募らせるのではないだろうか。

もしそれがこのテーマの裏の目的だとしたら、私のイメージをダウンさせ、さらに毎日、家事育児、果ては仕事などに疲れ果てているママたちに、さらなる苛立ちをお見舞いするという、久しぶりに担当の女に対する特に理由のない底知れぬ憎悪を見た

次第である。

私には子どもがいない。よほど考えが変わらない限りおそらく作ることもないだろう。

既婚で子なしだと周りがうるさいというが、幸い誰も私に興味がないため、他人はもちろん、実の母親でさえ「2回で言うのをやめた」次第である。

何故作らないかと言うと、欲しいと思ったことがないからだ。そう言うと、女として何か欠陥があるように見られた、という経験がある人も多いようだが、幸い、本当に誰も私に興味がないため、「子ども欲しいと思ったことないんですよ」というセリフを言うシーンにすら到達したことがないので、そういうハラスメントにも遭遇したことがない。

それに子育ては大変そうだし、事実大変だろう。欲しくないのに作って、大変だと嘆くのは間違っているではないか。

そう言うと、「出来る前はそう思っても、いざ出来たら変わる」と言われそうだ。

もちろん私はそんな会話をするところまでいけていないので、これは私の妄想である。

変わらない可能性もあるかもしれないのに、変わる方にワンチャンかけて、子どもという重大なものを作るのもおかしいではないか。

しかしこの、「子どもが出来たら変わる」も間違いではないと思う。

今は遠方に住む小学生時代からの友人がいるのだが、彼女も私ほどではないが、人見知りで友人を作るのは苦手なタイプだった。

しかし、2児の母になった彼女と久しぶりに会うと、気遣いレベルが非常に上がっており、会話も沈黙にならぬように、絶えず、そして当たり障りのないことを言ってくれるのである。

「もう俺と同じステージにいない」

そう確信した。しかし、子どもがひり出た瞬間に彼女が生まれ変わったわけではないだろう。

それこそ、子どものためにママ友などと付き合いながら、そういうスキルを身につけたのだろう。おそらくそこまでいくのに相当な苦労があったはずだ。

そう、ママになると、コミュ障が自分だけの問題ではなくなってしまう。

自分だけなら、休み時間ずっと虚空を見つめていたり、消しゴムのカスを集めてキング消しゴムのカスを作り出していても、ただの変わった奴で済むのだが、ママになると「〇〇ちゃんママは変」という評価に変わってしまうのだ。つまり被害が自分の子どもにいってしまう。

また子ども同士は仲が良いのに、そのママ同士はお互いのことを陰で「奇岩」「穢《けが》れ饅頭《まんじゅう》」と呼んでいる、という状況は子どもの教育にもよろしくないだろう。

つまり親になるということは、子どものために、普通の人と思われるように振る舞い、ママ友たちとも、当たり障りなく付き合わなければならないというわけである。

果たして、子どもが出来たというだけで、そんなリボーンができるのだろうか。おそらく、出来ずに悩んでいる人も数多くいる気がする。

では、そんなママ友トラブルとはどういうものなのか、何度も言うが私はママではないので、いつもの頼みの綱、グーグル先生に、「ママ友　トラブル」と尋ねてみた。どうせならもっと楽しい単語を検索したい。

結果、どうやらこのママ友トラブルは、学生時代のグループ内トラブルとそう変わらないとわかった。

しかしママ界では、マウンティングをするにも、自分のことだけではなく、旦那の年収や、子どもの成績だったりと戦場が拡大されており、自分は大人しくしていよう

としても、子どもの方が目立つ存在のため、子どもがきっかけで目の敵にされるという現象もあるようだ。

そして、「あいつハブにしようぜ」とか、「あのママとは仲良くしない方がいい」という学生レベルのことも平気で行われているそうだ。また今はSNSもあるため、そのやり方は巧妙化していると言う。

やっと学生時代の地獄が終わったと思ったら、さらにハイレベルな地獄が待ち受けている上、子どもを巻き込む恐れがあるという、改造マリオみたいなステージである。

しかも、ママ友という友達だったはずの存在が急に襲い掛かってくるのだから、キノコを取ったら即死した、みたいな現象である。

では、一体どうしたらいいかというと、「友達がいない」という悩みや弊害は、学生時代が終わるとかなり軽減されるという話をしたと思うが、それと同じことがママ友にも言える。

子どもが小さい時はママ友の繫がりというのは避けて通れないが、子どもが中高生になるにつれ、その必要性は少なくなり、大学ともなるとほぼ繫がりがなくなると言う。

つまり、エンドレスレイン［★38］ではないのだ。

学生時代、ぼっちを避けるためだけに、同じような境遇のクラスメートとグループを作り卒業と共に解散、という現象は今も昔も全国で起こっている。ママ友もそれと変わらないらしい。

何事も「その場しのぎ」と思えば大分楽になるものである。

［★38］Xの曲。高校の合唱大会で何故か歌った。多分、クラスのリア充が決めたのだろう。

職場の人間との付き合い方

所詮、制限時間（退社時間）までの、我慢大会会場なのである

女というのは、大体が死ぬまで戦う、サイヤ人級の戦闘民族である。

だったらサイヤ人のように、若い期間が長いという、戦闘に特化した体にしてほしかった。だが逆に、老いても平気で戦い続けるという点で言えば、サイヤ人以上の蛮族とも言える。


だが、戦う場所は女によって違う。

鳥山明は、背景を描くのが面倒だから、早めに周囲を爆破して、荒野にしてしまっていたらしいが、女は背景も気にせず学校やオフィス、ママ友が集う公園、義実家など、様々なフィールドで激しい戦いを繰り広げている。

今回は「会社」というバトルフィールドを取り上げたい。

ここで戦うと、背景を描くのが大変そうなので早めに爆破しておきたい。それでなくても会社というのはおそらく、世界一爆発を願われている施設だ。

会社というのは、戦場の中でも無差別級だ。士官学校を卒業したばかりの者から伝説の老兵まで、同じ部隊で戦っている。

そして私も、中年ＯＬ兵として、この部隊に所属している。


まず会社という戦場には、「職場の人間というか、女と仲良くする必要があるのか」という最大のテーマがある。これは仲良くの程度にもよるが、友達になる必要があるか、というとなら「否」だ。


学生の本分は勉強だ、と言われたら、それだけじゃない、と主に勉強ができない勢が反論してくるだろうし、確かにそれだけじゃないのも確かだ。

しかし、会社員の本分は仕事じゃない、と主張する社員はヤバいし、経営者でもヤバい。会社というのは金を稼ぐ場じゃない、仲間や経験を得る場であり後々の財産になる、とか言う奴は、「やりがい搾取」をしてくるタイプだ。

つまり、会社、仕事というのは、多くの人が、生活のため、プライベートを楽しむための賃金を得る場なので、楽しくやれなきゃダメだということはなく、むしろ、プライベートの楽しみのために我慢をする場だ。

所詮、制限時間（退社時間）までの、我慢大会会場なのである。スーツ姿でサウナに正座し、膝に重石を乗せられている状態なのに、さらに隣の奴に「どこ住み？」と声をかけて友達にならなければいけないなんて、酷すぎるだろう。

終了のゴングが鳴ったら、さっさと全裸になって、「お先！」と部屋を出るぐらいの関係で十分だ。

よって、友達にならなくても、嫌われなければ大丈夫である。

ただ、それはなかなか難しい。全く誰にも嫌われないというのは無理かもしれない。

むしろ、女子社員が一定数いたら、常に誰かが嫌われている。

とりたてて嫌われてなくても、女子社員が数人集まると、その場にいない女子の悪口がはじまってしまうくらいだ。


しかし、大体が陰口止まりである。

つまり、会社では友達を作る必要もなく、むしろ若干嫌われても、学校のようにグループになる必要がないので実害はそこまでないのだが、その嫌われ方には気をつけた方が良い。


例えば、嫌われ方が、見た目が派手とか、たまに鎖骨のサソリのタトゥーが見えている、とかなら良い、良くはないが、まだ良い。

だが、会社員の本分は仕事である。よって仕事で嫌われるのはまずいのだ。

嫌われる理由は、「仕事がデキない」とかではない。不真面目、さぼっている等である。それも、明らかに業務中ツイッターをやっているとか、いないと思ったら散髪して帰ってくるとかのレベルではない。電話を取らない、客がきてもコイツだけ茶を淹れようとしない、共有の麦茶をチョイ残しして補充しようとしない、なども結構見られているのだ。

そして、それらの何がまずいかと言うと、タトゥーに関しては陰で言うしかないが、職務怠慢に関しては、注意がしやすい、もっと言うと上にチクりやすいのである。女の小競り合いにはノータッチな上司も、業務関連なら動くことが多い。

逆に言えば、好かれていなくても、仕事さえマジメにやっていれば、何かあってもそこまで臆することがないということだ。これは、友達を作ろうと手製の菓子を配るより、よほど重要なことである。

しかし、自分はちゃんと仕事をしていて、社内不倫はもちろん、会議室でヤッてもないという状況でも、嫌われる時は嫌われるし嫌がらせもされる。

これはもう、理屈を超えた嫌われ方をしている。それだけのことをしてしまったかどうかは関係ない。たまにネット上で、理屈の通じない相手からバーリトゥード・ファイト［★39］を挑まれている人を見たことがあると思うが、あれは現実、会社でも起こるのだ。

「○○くん（アイドル）かっこいい」というツイッターのつぶやきに、「彼は私の彼氏なんですけど、どういうつもりですか？」と言ってくる人や、若い男性社員と話しているだけで、「アイツは色目を使っている」と言ってくる相手と、まともに戦えるだろうか。ましてや勝つことなど、できるだろうか。

「ちょっと待ってください、相撲で決着をつけましょう」と言っても無駄だ。清めの塩で目潰しをされるか、行司の軍配を奪って殴ってくるだけである。

会社というのは、友達を作る必要はなく、仕事だけしていればいい。それでも居づらくなる時は居づらくなる。その時は長居は無用。どうせ我慢大会会場だ、我慢できなくなったら他の我慢できそうな会場に行った方がいいだろう。

［★39］ブラジル発祥の何でもありの総合格闘技。

学校で友達を作る厄介さ

卒業までの契約で、お互い友達役のサクラをやっているようなもの

当コラムでは何度も、「大人になると、友達がいなくて困ることが学生時代に比べて格段に減る」と主張してきた。これは逆に言うと、「学生時代は厳しかった」ということだ。

よく、「社会人になれば学生時代がどれだけ楽だったかわかる」と言われるが、友人関係に限定すると、明らかに学生時代の方がキツい。

社会人というぬるま湯に浸かりきった今の身体で、当時の教室に戻されたら、1600年の関ヶ原にタイムスリップするより迅速に死ぬだろう。

しかし、学生時代と今で、私の対人スキルが変わったかと言うと、シーラカンス級

に進化していない。むしろ退化した。エラ呼吸すら出来なくなっているレベルだ。

それなのに何故、今より学生時代の方がキツかったと思うのだろうか。むしろ学生時代に感じていたキツさとは、一体何だったのか。

その正体さえわかっていれば、明日学生時代に戻されたとしても、瞬時に「無理だ」と判断し、速やかに不登校になれるというものだ。


まずコミュ障1万人に、「学生時代、友達がいなくて一番つらかったことは？」と聞いた時の、第1位の答えは「ハ、ハフっ⁉」「……ンン！」等の「奇声」だ。

何せ相手はコミュ障である。質問をして、即日本語が返ってくるなどと思うのは、甘えだ。

これが9900票で圧倒的1位となるのだが、残り100人のレベルの低いコミュ障は、「授業中、突然『○人組を作れ』と言われたこと」などと答えるだろう。

学校生活での突発的なグループ作りがキツかったことに関しては私も異論がない。

しかし、それのどの点がキツかったのだろうか。

よく考えてみれば、グループ作りといっても「あぶれた者は射殺する」というルールではなかったはずだし、「こいつがどこかのグループに入るまで、出席番号順に射殺していく」という突然のクラス連帯責任が発動した、ということもないだろう。

そういったことがあったとしたら、教師は人ならざる者であり、「担任がサタン」というただの不運なので、自分の責任ではない。


あぶれたとしても、結局どこかのグループに情けで入れてもらうか、同じようにあぶれた誰かと無理やり組まされるなどして、授業は続行されたはずだ。

だが、その間に何が起こったのか、という話なのだ。


まず、教師が「こいつを入れてやれ」とどこかのグループに無理やりねじ込むか、もしくは、心優しい優等生がいるグループが「入れてあげる」と名乗り出るかだ。しかしそれでもあぶれる者には、最後の禁じ手「教師と組む」が待っている。

この本人の意思不在で行われるネゴシエーションの間、当事者が棒立ちで何を考えているかと言うと、「射殺してくれ」もしくは「出席番号順に全員射殺したい」である。

学生時代に友達がいないつらさというのは、教室に一人でいること自体ではなく、それによって起こる、屈辱、羞恥、劣等感がその正体である。

一人でいるのが好きな奴というのは、子どもの時から一人でいるのが好きなのだ。だが狭い教室内、限られたメンバー内でソロ活動というのはあまりにも目立つ。

特に女子は目立つ。


グループ、バンド、テクノポップユニットのどれにも入っていない女子というのは、明らかに異端なのだ。

何らかの才気を感じさせる女子なら、「あれは鬼束ちひろポジション〔★40〕」として、ギリギリ片付けられるかもしれないが、ただの垢抜けない女子がそれだと、要注意生徒扱いとなり、教師や優等生たちから、上記のようないらぬ世話を焼かれ、屈辱を味わう羽目になる。

そして何より嫌なのが、そうされると「放っておいてくれ」と思うのに、いざ放っておかれると、「誰か俺の状況を察して便宜を図ってくれ」と思ってしまう、自分自身である。


つまり、対人関係というよりは、そういう屈辱や己の弱さとの戦いなのである。一人が好きで精神力が鋼なら、授業中のグループ作りであぶれても、「僕に構わず続けてくれたまえ」と、おもむろに紅白帽をかぶり教壇の上に体育座りという、「高みの

見物ポーズ」をとることが出来るはずだ。

しかし、多くの者はそれが出来ず、屈辱にも耐えられないから、どれだけ一人が好きでも、とりあえず教室内で誰か一緒にいる相手を探してしまうのだ。これは「一人でいるのが嫌」なのではない。「他人から一人でいるように見えなければいい」のである。

よって、そういうタイプの友達作りは、気が合うとかそういう問題ではなく、クラスメートで人型で制服を着ていればいい、ぐらいのものだ。

最近はSNSで映えるようなイケてる写真を撮るために、友人役のサクラを雇う者がいると聞いたが、そんなもの、インスタグラマー如きがやりだす何十年も前から、こっちはやっている。むしろ元祖だと言い張りたい。

卒業までの契約で、お互い友達役のサクラをやっているようなものなのだ。

コミュ障やイケてないグループにいた人に学生時代の話をさせると、スクールカーストの話が出てくると思われがちだが、私は正直、いかに自分が、屈辱や羞恥を感じずに過ごすかに必死だったため、上位陣を妬む、なんてレベルにすら到達していなかった。

よって私が、「リア充爆発しろ」というような感情に目覚めたのは、少なくとも高校を卒業してからである。

教室を脱出し、若干周りを見る余裕が出来てはじめて、他人の爆発を願えるのだ。

世間は、学生という天国時代を謳歌せよと主張しがちだが、大人になることで楽になる人生もある。

しかし、他人の爆発を毎日、邪神像に祈り続けている状態が、健全かと言うと、そうではないだろう。

教室を抜けた先が、天国というわけではない。だからといって地獄でもない。そんな、ザ・ブルーハーツが歌っているような曖昧な場所［★41］に大人になれば行く、ぐらいに思っていた方がよい。

［★40］良い意味で我々とは一線を画していると思わせる存在。もちろん悪い意味でも。
［★41］「TRAIN－TRAIN」より。「天国ではない、かといって地獄でもない」つまり「普通」。

女の生き方まとめ

せめて自分だけでも、
自分が納得できる生き方を選ぶしかないだろう

今回のテーマは、「女と仕事」である。

しかし、その前にあることに気づいてしまった。
「女って何しても怒られるんじゃねえの？」ということに。

早速、「爆笑！　女の怒られ集」を紹介していこう。
ちなみにこの「爆笑」というのは、これから先、笑える話は一切出てこないので、今のうちに爆笑しておいてくれという意味だ。

まず、結婚もせず、働いてもいない女の怒られだ。

当然周囲からも疎まれがちな存在だが、実はこの女は世間から一番優しく扱われている。

何故なら、同じ立場の男も等しく周囲から疎まれているからだ。男女平等、ジェンダーフリーである。むしろ「家事手伝い」という、おそらく女にしか適用されないこのネーミングがある分、優遇されていると言えるだろう。これは男性諸君に申し訳ない気持ちでいっぱいだ。

では、働いている女なら文句はないのだろうか。

男女雇用機会均等法と言っても、まだまだ差があるのは周知の事実だ。給与面、業務内容面においても、男女で差がある職場が多い。男の下についてお茶を出しているうちは可愛がられるが、対等に仕事をやろうとすると、「女のくせに」と言われたり、同じ仕事をしていても評価されづらい。

それに異を唱えると「女はどうせ結婚すれば、安泰《あんたい》なんだからいいじゃない」と、自分の嫁を全く安泰させてない奴が、本気でそう言いだしたりするのだ。

だが、それ以前に「働く女」になるまでにすら、障害がある。

妙齢の独身女が就職活動をすると、選考段階で、「女はどうせ数年したら、結婚やら妊娠やらして退職か休職するんでしょ、それじゃ困るんだよね」と、何故か他人に、自分すら考えていない、未来予想図Ⅱをこころに描かれてしまうのである。

子持ちだと就職活動がうまくいかないという話はよく聞くが、独身であったり、子どもがいなくても、妙齢の女というだけで、こういうドリカムおじさんから、「フ・サ・イ・ヨ・ウ」のサインを食らっているのである。

もちろん未来予想図どおりのことが起こったら、「プギャー」だ。

それなら、結婚していればいいのか。

この場合、子どもがいないと、常に「で、いつ子どもを作るの？」だ。

生粋のオタクですらこれには、「オウフｗｗｗいわゆるストレートな質問キタコレですねｗｗｗ」とも言えずに、真顔で「そのうち」と言うしかない。

ここで果敢にも「うちは作る気ないっす」と答えてしまうと、「少子化をなんと心得る！　この高齢化社会が目に入らぬか」と伊吹吾郎の顔で言われてしまう。

「貴様のような女が労働力不足、年金問題を引き起こすのだ」と、会社でも家庭でもろくな権限を与えられていないのに、いきなり国家を揺るがす大魔王級の力を持って

いることにされてしまうのである。

ちなみに、結婚していて子どもなしで働いていない女はどうかと言うと、「じゃあお前は何をやっているの？」と、何故か独身で働いていない女より何もやってない女扱いされていることがある。

何をやっているも何も「家事」をしているのだが、世間から見ると、子なし家庭の家事など、何もしてないのと同じことになるようだ。子どもがいないというだけで、不思議なことに家事手伝いよりも存在を認められていない。

誰にも怒られないためには、結婚し、子どもがいて、働けばいいのだろうか。

現在日本では、産休、育休、時短勤務が認められている。

だが認めているのは法律だけだ。人のこころが、魂が、それを認めていない。

詩的に言ったが、出産や子育てで、休んだり早退をする女は、露骨に迷惑がられているのが残念ながら現状である（男の育休はさらに風当たりが強いようなので、これは女に留まる話でもないが）。

これは職場の人間の性格が悪いというだけの問題ではなく、人をたくさん雇えない、一人休んだだけで仕事が滞るような零細企業だと、事実現場が困ってしまうのだ。

こういった余裕のない会社だとどうしても、子育てで休みが多い女に対し、他の社員が、負の感情を抱いてしまう。

だから、会社側から退職を促されなくても、そういう負のオーラに耐えきれず、自ら退職してしまう女が多い、というのが実情のようだ。

では、保育所や、配偶者、実家など、周囲から万全のサポートを得て、出産から4秒後に復職し、ばっちり残業までして帰れば文句はないかと言うと、待ってました、伝家の宝刀「子どもがかわいそう」のご登場である。

それでも足りないなら、「旦那さんは何も言わないの？」をサービスしてやってもいい。

ならば、「子どもがかわいそうだし、旦那も4歳児級なので、しばらく主婦として子育てに専念します」と言えば、「世の中には働きながら子育てしているママがたくさんいるのに、何故貴様にはそれができないのか?」という問いが投げかけられるのだ。

ちなみに「じゃあどうすればいいの?」と聞いたら、「質問を質問で返すな」と怒られる。

女は、子どもと旦那の面倒を見ながらフルタイムで働き、何だったら双方の両親の介護をこなしつつ、手作りのおやつをこさえ、いつもキレイにしていろ、母である前に妻であり女であることも忘れるな、さもなくば旦那に浮気されても文句は言えぬぞ、ということのようだ。

これは10人がかりでやることかな?と思ったら、どうやら一人でやらなければならないようだ。

つまり、生きているだけで文句をつけられるのが女である。

だったら、せめて自分だけでも、自分が納得できる生き方を選ぶしかないだろう。

女らしさって何だ？

「語彙《ごい》の霊圧が消えた……!?」というような雑なまとめ方だけで今まで通用していた点に、問題がある

今回のテーマは「女らしさ」だ。

「女らしさ」「男らしさ」、すでにこういう言葉自体が差別用語になる時代なのかもしれない。男が使いもしねえ可愛いマスキングテープを集めたり、女が突然通信空手をはじめてもいいのである。

『ドラえもん』の作中に「のび太のくせに生意気だぞ」という、「理不尽」の例文として辞書に載せてもいいようなジャイアンの台詞があるが、「女のくせに」「男のくせに」と言うのも、もはやこれに匹敵する理不尽であり、ジャイアンと同レベル、つまり小学5年生が言うことであり、大人が言って良いことではない。

よって、説教をする時は言い方を変えなければならない。

「人間らしくしろ」と。

説教したくても、「男らしくしろ」「女らしくしろ」などと言ったが最後、「それって差別発言なんですけど」と巧みに論点をすり替えられる恐れがある。

正当な理由で注意するとしても、そんな言葉を使っていては、自分が馬鹿に見えるだけである。もっと、具体的で説得力のある言葉で言わねばならない。

部下を注意するために呼び出したが、ついさっき語彙が死んだ、という場合でも、「お前！　アレだ！　アレのくせに！　ホラ！　人間のくせに！　アレすぎだろ！」と言うようにしよう。

例えば、サラシに学ラン、下駄を履いている女に「女らしい格好をしなさい」と言うのは差別だ。

しかし、電車で股を210度ぐらい開いている女は、女らしさ以前に周囲に迷惑という点でダメであり、注意をすべきなのだ。

それを「女なんだから足は閉じなさい」と言っては、正しい注意であっても台無しである。

よって上記の学ランの女も、サラシにドスを挿しているなどしたら、銃刀法の観点から注意すべきである。

人に苦言を呈する時は、「だらしない」、「みっともない」、「ガサツ」、「迷惑」、「卑怯」、「吐き気をもよおす邪悪」、など性別に囚われない表現が山ほどある。それを「女らしくない」「男らしくない」などと、「語彙の霊圧が消えた……⁉」というような雑なまとめ方だけで今まで通用していた点に、問題がある。

これは短所表現だけではない。「男らしい」「女らしい」といった褒め言葉でも未だに使われている。

では、男らしさとは何であろうか。「頼りがいがある」、「包容力がある」、「小さなことは気にしない」、「器がでかい」、「チンコがでかい」などが挙げられる。

一番最後以外は、女でもいるはずだし、もちろんチンコがでかい女がいてもいい。だったら、「○○らしい」という十把一絡げな言い方をせず、具体的に「頼りになる」「チンコがでかい」と褒めてあげた方が、本人にとっても良いだろう。

しかし、「女らしさ」、「男らしさ」という考え方がなくなったかと言うと、どう見

女に対してこういう
ホメ言葉もアリ
さすが
チンコがデカイ!!

ても根深く残っている。趣味嗜向、所作や性格だけではなく、女は、男は、こう生きるべき、というステレオタイプが今も存在する。

一昔前なら、「女は一定の年齢になったら、結婚して子どもを産み育てる」などである。現代は多少変わってきているが、今もこれが大本命として扱われているだろう。

変わったとすれば、「女はある程度したら結婚して子どもを産んで育てながら働く」と、さらに難易度が高くなった点である。

もちろん、そういう生き方が悪いわけではない。逆に男が主夫をしたり、子どもを産めるんだったらキンタマから産んでも良い。

重要なのは、「そうじゃない生き方も本人が選べる」という点である。

しかし、問題は、本人の好む好まざるを抜きにして、「そう」しないと詰む女が、未だに多いというこの社会である。

突然だが、私の会社員としての手取り月給は12万円だ。今の会社に入って8年ほどになるがほぼ変わらず、そしてこれから何十年勤めても変わらないだろう。

つまり私は、会社員としての収入だけでは、老後確実に「詰む女」なのである。そこから脱するには、「ある程度収入のある男と結婚」以外にないのだ。

だが、それは人から言わせれば、「自己責任」である。確かにそうかもしれない。

しかし「自己責任」というと、「定職につかずフラフラしていた」「浪費をしていた」というイメージがあるかもしれないが、私は一応正社員である。地方の事務職というのは、本当にこの程度なのだ。

つまり現代は、「普通に地方の学校を出て普通の地方一般企業の事務職の正社員になり1日8時間働く」ぐらいでは、老後に「詰む」世の中なのだ。「自己責任」のハードルは、世間が想像する以上に高いのである。

それも自己責任となると、「学生時分から、一人で生きていくことを考え、安定した収入と常に需要がある職業に就けるよう行動しなかったのが悪い」ということになる。果たして全員がティーンの頃からそんな発想に至れるだろうか。もしくはそういう発想に至れる教育をしているだろうか。

そうなると、読みが甘いというより、「社会が厳しすぎる」ような気がする。どんなに読んでも世界が改造マリオ級難易度なら、あらぬところから飛んできた亀の甲羅に当たって死ぬのは当然である。

ゲーム『バイオハザード［★42］』には、主人公の性別によりゲームの難易度が変化するという設定がある。男を選ぶとハード、女を選ぶとイージー、またはその逆、等だ。ゲームならそれで面白くなる。しかし現実は、男に生まれようが女に生まれようが、また男らしい女らしい生き方をしようがしまいが、「イージーモード」なのが良い社会だろう。

［★42］ゾンビを倒すゲーム。「相手を銃で撃っていい」ので現実より易しい世界。

家族内の役割と自分

既婚子持ち女性に、この家庭内における自分のポジション
パーセンテージを答えさせた時、そこに「自分」を入れる、
という発想ができる女がどれだけいるか

この連載は担当からもらったネタメモよりテーマを選出しているのだが、これがメモに書かれている最後のテーマである。

「家族苦」

この一言だけだ、説明はない。

担当メモの熱量と物量に圧倒されつづけた当コラムだが、最後の最後に、「何も言わないのが一番怖い」という、「人間が一番恐ろしい」に匹敵する美しいオチがキマった。

だが説明がいらぬのも確かである。

「苦」というのは、最終的に「逃げる」のが最善策だ。それを良しとせず、死ぬまで戦うと大体死ぬ。

数ある苦の中でもっとも逃れづらいのが、家族だ。ここから逃れようとしたら、それこそ「故郷の村は焼いてきた」ぐらいの覚悟が必要になる。

まず、最初の家族は自分では全く選べない、という問題がある。選べたら今頃、福山雅治と吹石一恵の家には5億人ぐらい子どもが生まれているはずだ。

貧富の差はもちろん、親によって人生の序盤はほとんどは決められてしまう。

そもそも、親、といっても、所詮子どもを持っただけの人間だ。問題のある人間が親になったら、問題のある親になるに決まっている。

「毒親」という言葉がここ数年で認知されるようになった。ネグレクトにしろ過干渉にしろ、子どもに悪い影響を与える親、子どもの人生を支配しようとする親のことを指す言葉だ。

毒親家庭に生まれた子どものつらさは、親からの影響だけでなく、周りが理解してくれないという点もあると言う。

今お前が、生きて大人になっている以上、親には育ててもらった恩があるはずだ。それを悪く言う、まして憎んでいるなど貴様は鬼子か、と責められてしまうそうだ。しかし、「何故、鬼子が生まれてしまったか?」と言えば、どう考えても「親が鬼だったから」がベストアンサーだし、生きて大人になったといっても、「殺されなかっただけ」という可能性もある。

だが、一般家庭に育った人間が、毒親家庭育ちの人間の境遇を本当に理解することはできないだろう。私にも正直わからない。

衣食住足りていて、完璧でないにしても常識の範囲内の両親がいる家庭が普通の車だとすると、生まれながらにそういう車にしか乗ったことがない子どもに、ブレーキの代わりにアクセルが2つついており、よく見たらハンドルがねえ、という車の乗り心地などわかるわけがない。

よって安易に、「お前の気持ちわかり哲也」とも言えない。できることがあるとしたら、「そういう車もこの世にはある」ということを認めるぐらいだ。

「子どもを愛さない親はいないし、子どもは親を尊敬するもの、異論は認めない」という過激派オタかよ、というような発言をしないだけでも違う気がする。

その後成長し、我々は福山雅治家じゃない家を出たり出なかったり、新しい家族を作ったり作らなかったりと、選択制のフェーズに入っていく。

そうなると、女は一体何になっていくのであろうか。

今夜から歌舞伎町の女王など、イレギュラーは多々あるが、新しく家庭を新設した場合、「妻、母、息子の嫁」あたりが主なポジションだろう。

このポジションは兼任可能な場合もある。妻であり母であり嫁であり夜はアゲハチョウ、という女も当然多い。

だがポジションに対する割合は個々で違うはずだ。

母、妻、嫁が「7：2：1」だという女もいれば、「母としてが10であとは死んだことにしている」という女もいるだろう。中には「7億：2兆：1那由他《なゆた》」という、比率の概念を超えてくる女もいると思うが、本人がそう感じているなら、そうなのだろう。

問題は、例えば既婚子持ち女性に、この家庭内における自分のポジションパーセンテージを答えさせた時、そこに「自分」を入れる、という発想ができる女がどれだけいるか、という点である。

また、上記に当てはまらない、家庭がない女は何なのか、と言うと、それこそ、「自分」や「女」、または「生物学上は女（笑）」という2000年代のホームページでよく見たヤツ、もしくは「推しを守護するゴリラ」という者もいるだろう。とにかく、母や妻といった家庭内ポジションがないのだから、好きに自称できる。

しかし、家庭を作り特に子どもが出来ると、その「自称できる部分」を、根こそぎ家族に奪われるという事態が起こるのだ。

自分を振り返ってみても、子どもの頃の自分にとって、お母さんは100％お母さんであり、そのお母さんが「女」、ましてや「ゴリラ」になる時間があるなど、考えもしなかった。

このように、家族全員が女に対し、100％母、妻、嫁であることを求め、それ以外であることなど考えつきもしないため、少しでもスーパーゴリラタイムを見せると、「考えられないことをしている女」、つまり「母、妻、嫁である自覚が足りない女」ということにされてしまうのだ。

子どもが、ある程度の年齢になるまで、母に１００％母であることを求めるのは仕方ない。４歳児が「俺はちょっと席を外すから、おふくろは女に戻ってろよ」という気遣いをみせても逆に怖い。

だが、義務教育をとうに終えた子どもが、「家族団らんの時間を増やすにはどうしたらいいか」という問いに、「お母さんの部屋をなくす」という王様のアイディアを出したというから、死ぬまで「お母さんはお母さんでありそれ以外になってはならぬ」と思っている人間が多いということである。

しかし真面目な人ほど、周りに求め

られた役を完璧にこなそうとする。逆に「子どもが出来ても自分が10割」という者が、上記のような毒親となるのだろう。

だが完璧にしようとすればするほど、周りは「そういうものなのだ」と思いはじめ、それ以外を許さなくなる。

よって、たまのゴリラタイムを咎められようと、一貫して「ウホウホウホウホウホ！」しか言わないか、無言でドラミングや、ウンコを投げるなどして、「俺はお前らの妻や母ちゃんでもあるが、今は誰が何と言おうとゴリラだ」という姿勢をつづけていれば、そのうち家族も「そういうものなのだ」と理解するのではないだろうか。

ハイパー不毛な議論「女vs.男」

一個人への感情が「これだから男は、女は」になってしまう、「突然主語が巨大化」現象

前回「担当からのネタがなくなった」とわざわざ書いたのに、担当から追加のネタがついぞこなかったので、突然のフリースタイルダンジョンになってしまった。

ここ数回、女は生きづらい、世間から無体な要求をつきつけられているというような話を延々としてきた。幸い女性読者からはたくさん（3人以上）の共感をいただいたが、一方で男性読者が存在しているとしたら、「男だって生きづらい、むしろ男の方が大変だ、女の方がまだ優遇されている」という感想を抱いたかもしれない。

「女（男）は大変だ」という話をすると必ず、「こっちだって大変だ」という声があがる。

それ自体が、「カレーは美味い」という話をしている時に、「ハンバーグだって美味い」と言い出すようなものだが、もちろんハンバーグも美味いので、「おいおい俺抜きで美味いものの話をしようってのかい？」とハンバーグ陣営さんだって黙っていられないのもわかる。

しかし、こういう話はやがて、「カレーよりハンバーグの方が美味い、よってカレーは不味い」という話に発展してしまうことが多い。

つまりいつの間にか、「女より男の方が大変だ、よって女は大変じゃない」という主張になってしまうのだ。

何故か、「カレーもハンバーグも美味い。じゃあカレーにハンバーグのせちゃいますか！　今夜はカーニバルだ、女も男も関係ねえ！　無礼講だ、酒を持て！」という風に、「男も女も大変だからお互い協力しましょう」とはならないのである。

ではどうなるかというと、延々、男ないし女の大変な面を羅列し、如何《いか》に相手が優遇され楽をしているかを言い合っていくのである。

そして、空気がいい感じに暖まり、乾燥してきたところで、「女は最終的に体売れるからいいよな」などといった、非常に燃えやすい、ＢＢＱにぜひ持っていきたい一

品が投入され、場は一気に爆発炎上するのだ。

このように、どちらかの性別ゆえに起こった事件や大変さの話をすると、いつの間にか「女vs.男」の構図になり、全てを焼き尽くすまで終わらない。

これがネットで非常によく見る「炎上」である。

当たり前だが、男と女、どちらか一方だけ大変で、どちらかは楽勝、ということはない。ただ大変さの種類は男と女で違うし、同じ女でも抱えている大変さは個々で違う。それを、「俺の方が大変だし、お前は大変じゃない」と言い合っても意味がない。

そもそも人間は、非常に大まかに分けると、男か女のどちらかだ。

2種類しかいないのに、「女vs.男」で死ぬまで戦ったら、人類は滅ぶし、もしくは「こんなことなら一度滅んだ方がいいのでは」というぐらい、殺伐とした世の中になるだろう。

それも、人類を滅ぼすために、宇宙人がしかけた陰謀なら仕方ないが、実際にその争いをけしかけたり煽ったりしているのは、男か女かその他、少なくとも人類だ。

共食いにもほどがある。「人類」などと言っているが、日常的にバッタと同じことをしてしまっている。

女であるつらさは、男を殴れば解決するというものではないし、その逆もしかりだ。

「そんなことはない、旦那を殴ったら、元気ハツラツになった」というご婦人もいるかもしれないが、それは男ではなく、旦那を殴ったからオロナミンCになったのだ。

あと暴力はよくない。

このように、一個人への感情が「これだから男は、女は」になってしまう、「突然主語が巨大化」現象も、女vs.男戦争を引き起こす要因である。

よって、クソと出会った時、そいつが男だったからといって、「これだから男はクソ」と思うのではなく、「クソがたまたま男だったというだけで他の男は関係ない」、もしくは「性別を与えるにも値しないただのクソ」と思うようにすれば、いらぬ性別戦争はなくなり平和になるのではないだろうか。

ただし、言い方があまり平和でなくなってしまったので、各自平和的な表現に変換してほしい。

ともかく、「クソ♂」ないし「クソ♀」に一回遭遇してしまっただけで、全部クソと思ってしまうのは大雑把すぎる。ていねいな暮らし、などというしゃらくさいものは唾棄していいが、ここは多少ていねいに行った方がいい。さもないと、全員敵になってしまう。

生きていく以上、敵に遭遇するのは避けられないかもしれないが、敵じゃないものまで敵視しても仕方ない。

だが、女ゆえ、男ゆえのつらさは存在するが、逆に、男に、女に生まれて良かったということもあるだろう。つらさばかりに目を向けるのではなく、そちらを謳歌することを考えた方がいいのかもしれない。

ちなみに、私が女に生まれて良かったと思うことは、ありすぎて逆に今は何も思い浮かばないが、とりあえずキンタマをぶつける心配はないことだろう。

そういえば「生理痛のつらさは男にはわからない」に、「女だってキンタマぶつけた痛みはわかんねえだろ」が食ってかかり、炎上、というのも、信じられないがネットによくある論争だ。

お互い、ないもの、起こらないものの痛みで言い争っても永遠にわかりあえない。

それより「痛がっているやつがいたら心配する」のが普通である。

「こっちの方が痛い」と言うのは、男、女ではなく、人として優しくない。

おわりに

ついに最後の項である。

有益なことを何一つ書いてなかったことを嘆くより、死者が出なかったことを尊ぼう。

そんなわけで、これまでのことを振り返ってみよう。特に振り返りたくはないが、お前の人生を振り返れと言われるよりはマシなので消去法で振り返る。

前半は「○○女」というテーマで色々な「女」を紹介してきた。

この「○○女」というのは、今も増え続けており、毎年何かしら新種の「○○系女子」が発見されている。

まるで星のようと言いたいが、実際は深海生物みたいなものである。

世間はこの「○○系女子」という言葉を、ウザい女の自己主張と思うかもしれないが、そもそも「○○系女子」という言葉を作るのは世間である。本家は絶対に自分で「うちらオオグソク系女子！」とか言っていないのだ。

突然、メディアなどの世間に深海から引っ張りあげられ「よし、お前は今日からオオグソクムシだ」と言われたようなものなのだ。

だから深海生物と同じなのである。

そしてメディアが「今はオオグソク系女子がキテる」「もはや深海はオオグソクでいっぱい」「オオグソクガールファッション」とか報道し、アンテナが立っている、もしくはどこにも向かってない系女子が群がる。

結局「深海が、オオグソク女とかいうニワカでうぜー」と世間に言われてしまっているというありさまなのだ。

ようするに○○ガールや○○系女子という言葉が出て以来、日本は女をカテゴライズしないと沈没する病気に罹ったとみえる。

ただ本当に好きなものの話をしただけなのに「はいはい流行りの○○系女子ね」みたいな雑なくくりにされるのは遺憾である。

しかし、雑にまとめて、○○系になるための商品を売ろうとするメディアは置いておいて、そういったものを目指そうとする女が悪いかというとそうではない。

前半紹介した「○○女」は2つに分かれる。

何も意識してなかったら自然にそうなった女と、そうなろうとして、そうなった、というか、そう見えるように振る舞っている女である。

例えば、気づいたら干物女になっていたという女はいても、物心ついた時にはキラキラだったという玉虫みたいな女はそうそういないはずだ。

ただ天然ものの玉虫に誰かが「キラキラ女子」と名前を付け、その姿を真似するものが出てきた、ということだろう。

そして「○○女」というのは、割と反復横跳びだというのも、この連載をやってわかったことだ。

干物女が、これじゃダメだと思い、キラキラを目指したり、キラキラに疲れた女が干物になったり、やっぱり個性だと思ってサブカルに行ったりと、行ったり来たりなのである。

最終的に「ありのままの自分」とかになったりするが、そのありのまま思想だって、何かの模倣ではないか、と聞かれたら、遠くから松たか子の歌声が聞こえてきたりする。


私も、他とは違う個性的な人間になりたいと思った時期があった。

しかし、それでどうしたかと言うと、我々世代に良くも悪くも傷跡を残した伝説の雑誌『KERA』を買ってきた。

全然「他と違う自分」ではない、『KERA』に載っているような感じになりたかったのだ。


しかし、それの何が悪い、という話だ。

我々が、傍から見れば地獄の反復横跳びをしているのは、少なくとも今の自分より好きな自分になりたいからだ。


そもそも模倣というのは憧れだ。憧れというのは文化を発展、そして停滞させないために必要不可欠なものである。サッカー選手に憧れた少年が、次のさらに偉大なサッカー選手になっていくのだし、誰もアイドルに憧れなかったら、アイドルを目指す女子はいなくなり、今頃テレビに出ているアイドルは全員ＡＫＢ60（年齢的な意味で）である。

つまり、俺様たちがこりもせず、今より素敵な自分になろうと自己啓発本を買ったりすることにより、経済どころか文化が発展していると言っても過言ではないのではないだろうか。

しかし、もちろん、永遠に同じ「○○女」に留まる女もいる。それが、文化を衰退させる悪しき存在かというと、そうではない。

ずっといるのは、それが合う場所だからだ。今、自分探しをしている女でも、合う場所を見つければそうなるだろう。

ただ、生まれながらにそこにいたものは良いが、探さなければ行けない者もいるということだ。傍から見れば滑稽かもしれないが、そういう奴ほど、小２のころ着てたパジャマを着て「これがぴったりなんだ」と言い張っているだけだったりする。

何でもかんでもカテゴライズしないでくれ、とも言える「〇〇女」だがモデルケース、指針が多く示されている世の中とも言える。

むしろ地図なき自分探しが、その後何と言われるかと言うと「黒歴史」である。

後半は、学校、職場、家庭など、シチュエーション別で女について語ってきたが、結果として「どこにいても厳しい」という話になってしまった。

では、このコラムの結論は「そもそも女に生まれたのが間違いであった」となって、「受精前からやりなおせ」もしくは「誰かのキンタマをもいでつけよう」がアンサーになるかというと、それも違うし、そこでも「私のキンタマは東大卒ＩＴ企業社長の」などのマウンティングが起こるに決まっている。

逆の性別なら上手くいくという保証はないし、自らの不遇を全て性別のせいにするというのも一種の性差別な気がする。

当コラムをどんな属性の人が読んでいるのかは知らないし、そもそも誰か読んでいるのかさえ謎だが、万が一読んでいる女性《にょしょう》がいるとしたら「この乱世において、文字が読めるところまで、その性別でやってこれた」ということである。

どこにいても厳しい社会において、それでも女としてやってきた上に、ひらがなやカタカナ、果ては漢字まで覚えたのだから、まずはそこを評価する方向でいきたい。

この「シチュエーション別の女」によって、今は女にとって乱世、つまり「女が生きやすい社会とは言えない」ということはわかったが、だからといって「社会が悪いから仕方ない」「社会整備はよ」と、ひたすら、ソシャゲの詫《わ》び石《いし》［★43］をせびるような姿勢でいればよいというわけではない。

例えば、昨今しきりに「女性が活躍できる社会に」と言われている。

今のところ「家事育児ついでに介護もやって、さらに働こう」という、常人には無理な大活躍を求められる社会になっているのが実情だが、社会が大型アップデートメンテをして本当に「女性が活躍できる社会」になったとしよう。

私は活躍できるだろうか。

多分無理な気がする。「女性が活躍できる社会」というのは、能力や、やる気があるのに、性別のせいで正当な評価やチャンスさえ与えられていなかった女性が活躍できる、という意味だ。女なら誰でも活躍できるという意味ではない。

逆に言うと、デキる女とボンクラの差がさらに開く社会である。

「男性が活躍できる社会に」と言わないのは、男はすでに活躍しようと思えば活躍できる社会だ、あとはもうお前らの問題である、ということなのだろうが、男が全員活躍していると言えるだろうか。やはり活躍してる奴と「躍」どころか「動」すら感じない男に分かれている。

活躍する場やチャンスが平等に与えられたとしても、デキる奴とデキない奴が出てくる。「女性が活躍できる社会」が実現したとしても、男と同じことが起こるに決まっているので覚悟が必要だ。「社会さえよくなれば」という話でもないのである。

また、問題というのは解決したら次の問題が出てくるものだし、逆に解決してしまったがために出てくる問題もある。

昔は、女に自由や権利がないのが問題だったと思うが、当時に比べて多少自由になった今は「自己責任」と言われるようになった。

結局、女も男も「その時代にあった問題」を抱えて生きていくしかない。ただ生まれてきた時期によって、問題の量や難易度が違うのだが、それはもう運なので、どうにかしようと思ったら両親の出会い、それが手遅れなら受精を阻止する必要がある。


このコラムの連載を通じて「女とは難儀なものだ」と感じることは多々あったが、たとえ今、隣に「キンタマの木」が立っていて「ご自由におもぎください」と書かれていても、もいで自分の股間につけたりはしないと思う。

先にも書いたが、男になれば悩みが全部なくなるとは思えないし、「女は大変だ」と言いながらも「でも男は男で大変そうだ」とわかっているからだ。

両方大変な中で、これまで今の性別でやってきたのだから、新しい大変な方へいくより、引き続きやっていく方が楽に思える。


しかし女として「やってきた」という中でも、「これはやれん」と思う局面はある。

そういう時は「男は男で大変そうだ」という発想すらなくなってしまう。

「そうは言うても、女は結婚すれば安泰でしょ」と言ってしまう男性は、おそらく男として「やれん」状態なのではないか。

男に生まれてすごく辛い状態なので、女が女に生まれただけで楽勝なように見えてしまうのだ。

これはもちろん逆もあり、自分も女として上手くいかない時、過剰な男叩きに走りたくなってしまう時がある。これは人類滅亡の第一歩だ。

たとえ女として不幸や不遇があっても、これは全て、男（でかすぎる主語）が私のキンタマを奪ってつけているせいだ、というわけではない。一体何個キンタマがあるのだ。

また「女とは難儀だ」と思うのは、自分が難儀な部分のみ見て「難儀がおったぞー！」「ペロッ！　これは……難儀！」と言っている可能性もある。

女に生まれてしまった以上、「この腐敗した世界に生まれてしまったゴッズチャイルド」という思想ではなく、「せっかく女に生まれたんだから」という姿勢で生きるべきだろう。

［★43］ソーシャルゲームでの不具合などに対し、お詫びとしてゲーム内で使用できるアイテムのこと。

文庫版あとがき

この本の単行本版が発売されてから6年以上が経っている。

6年の間に色々なことがあった。

まずコロナウイルスが世界的大ブームとなり、数年間最大手ジャンルとして覇権をとっていたことは誰の記憶にも新しい。

しかし「コロナ以外の事象を述べよ」と言われたら早くも「パス1」のカードを切るしかない。

コロナという激動があったせいで、自分にも色々あった気がしたが、思い返せば「激動の中でも不動」という、風林火山の山ポジはやっぱ俺だなと確信するほど私個人には何もなかった。

このように「不動」と「停滞」をはき違え「風林火停」を爆誕させて信玄をずっこけさせる奴はどこにでもいるのだが、停滞を悪と捉えるのも若さゆえの勘違いな気もしてきた。

この数年間、本当に思い出せないぐらい特記事項なし、唯一起こったビッグイベントといえば「6歳ぐらい年を取った」ということだ。

むしろこのイベントが起こっていないのは6歳未満以外いないと思うが、それぐらい大規模イベントだということだ。

だが、小学生とかであれば入学した奴が卒業し、ツルツルがボーボーになるぐらい6年で大きな変化が起こるが、中年になってからの6年など、もはやエルフの6年ぐらい変化なく過ぎ去っているだろうと思うかもしれない。

確かに、中年ごろから人生は変化とイベントに乏しくなっていく、これがシミュレーションゲームだったら「圧倒的ボリューム不足」というレビューと共に☆1をつけられるだろう。

だがそもそも30代後半から40代前半という無人の荒野みたいな期間を題材にゲーム

を作ろうとしている時点でセンスが終わっているのだ。

しかし他人から見ればビフォアとアフターの差が感じられなくても、本人はボーボーの白髪割合など変化を感じているのだ。

つまり私はこの6年の間に30代からついに40代に突入した。

これも他人から見れば「おばさんの期間が終了しおばさんの期間がはじまった」という、スペースババア状態でしかないかもしれないが、ババアにもババア本人にしかわからない深度というものがある。

正直40代になった自分から見ると30代の自分はババアエアプ勢だったと思う。30代の時も「すっかり体力がなくなって」と言っていたが、40代に比べれば3時間目にプールを控えた小学3年生ぐらい元気があった。

しかし、30代の時に感じていた加齢も嘘ではない、おそらく90歳になっても「80代の時はこんなに骨折れなかったのに」と思っているだろう。

他人から見ればババアの静止画にしかみえないかもしれないが、本人だけは死ぬまで変化を感じ続けるのだ。

だが「肉体的老化」についてはひとまず置いておく、これは当たり前のことだし、中年に健康の話をさせると本当に長くなる。

おそらく、女は男よりも「年齢」に左右されて生きることを余儀なくされていると思う。

昔ほどあからさまではなくなったが現在でも日本では「女は若い方がいい」という風潮が根強い。

生物的に見れば男も若い方がいいに決まっているが、芸能人でも年をとって「劣化」などと評されるのは主に女である。

そして、女は若い方がいい論で必ず出てくるのが、妊娠出産の問題だ。

高齢になるほど出産リスクが高まるというのは医学的事実である。故に子供を所望する40代の男が20代の女を求めて結婚相談所にやってきてX（旧Twitter）にその痛さを晒《さら》されるという現象が6年前と変わらず起こっているし、今後も起こるだろう。

しかし、これはあまり知られていない事実だが、子供というのは女だけでは作れないのである。

女が単体でナメック星人のように口から卵を吐くことで子供が生まれるとすれば、年をとって嚥下《えんげ》力が弱まっている女は吐く力も弱いと思う。卵を喉に詰まらせ母子ともに死亡リスクが高まるので、やはり出産は若い女の方がいい、と言わざるを得ない。

だが現実では少なくとも妊娠までは男の力も必要であり、精子も若い方がいいのである。つまり子供のことを考えるなら女だって若い男の方がよく、わざわざ40代の男を選ぼうとは思わないのである。

子供というのは健康に生まれさえすれば完了というわけではない、そこから長きにわたる子育てが待っている。

むしろ生まれるまでに10か月かかり、一人前になるまで約20年かかるという、人間の圧倒的生物的欠陥が多くの諍《いさか》いと、男女の断絶を招いている気がしてならない。

一体神は何を思ってこんな非効率的な生物を作りだしたのか「無駄こそが美しい」というアート感覚で作ったのかもしれないが、そのせいで数々の醜い争いが勃発しているので、芸術的にも失敗している。

子供の出来は遺伝子ではなく教育という説もある。

よって、子供を所望する女によっては若い精子ではなく、子供に十分な教育を与えてくれる男がいい、という者もいるだろう、つまり子供にデズニー英会話フルセットを与えられる「財力」を持った男がいいということだ。

故に「20代女を所望する40代男」と同じぐらい「年収1000万超えを所望する30代以上女」がXに晒されてしまうのだろう。

女が若さを重視されるとしたら、逆に男の若さはそこまで珍重されないということでもある。そして「若さ」というのは、子宮で60年粘ったタイプでなければ誰もが1回は与えられるものである。

対して財力や他の能力は誰もが持てるものではない、そういった全プレ以外の能力がなければ選ばれない、という意味では男の方が不利、と言えなくもない。

そして「女は若い方がいい」はあくまで他者目線であり、女本人は「年を取ってから楽になった」という者も多い。

実際、若い期間を経て40代の女となった身として言わせてもらうなら、確かに楽になった。

しかし楽になった理由が「年を取ったから」とは断言できない。

おそらく私が楽になった一番の理由は「無職」になったからである。

この本の本文を連載していた当時、どうやら私は会社員だったようだが、その会社はとっくにやめている。

そりゃ働かずに生きているのなら楽に決まっている、つまり人間を苦しめているのは「労働」である。

労働による被害は年齢も男女も関係ない、むしろ一致団結して労働という因習を断ち切ることこそが、世代や男女の断絶をなくす唯一の方法と言っても過言ではない。

そう言いたいが、私が言う「無職」は「無所属」をオタク特有の早口でそう聞こえるように言っているだけで、労働に関しては会社に属していないだけで今も続いている。

労働という諸悪の根源がなくなっていないのに何故楽になったかというと「他人」がいなくなったというのが大きい。

つまり、人を生きづらくさせているのは年齢や性別ではなく「他人の視線」なのではないか。

ユーチューバーのヒカキンは30代男性だが、LINEは全てスクショされ、会話は全て録音されていると思って行動する、という相当生きづらい生活をしているらしいが、これは彼がそれだけ他人から注目されているからだ。

もちろん、周囲に他人がいても、家で一人でいるときと同じように、全裸でくつろいでもいいのだが、そういう傍若無人をすると、周囲から反感を買ったり、最悪逮捕などで物理的にも生きづらさが発生してしまう。

若い時ほど他人の視線を気にしがち、そして「若い女が注目されやすい社会」だとしたら、やはり女は若いほど生きづらく、年を取るほど視線が気にならなくなり生きやすくなる、と言えなくもない。

逆に、年を取った女が他人の視線を意識すると「誰もお前を見ていない」と自意識過剰を責められたりするぐらいだ。

つまり、たとえ10代の美少女だったとしても私のように部屋から一歩も外に出ず暮らせば生きやすいということだ。

その代わり経験とか人脈とか、その他大切なものがことごとく失われるだろうと思うかもしれないが、高校時代の友人とは全員切れているし当時学んだことも覚えていないので、若いころの経験が大事というのも若さゆえの錯覚だった気がする。

しかし、年を取ったことにより他人の視線を感じなくなったというのも、自分のような中年を見ている奴は誰もいない、という新たな年齢に対する思い込みによる錯覚の可能性もあるし、今度は「もうババアなんだから」という諦めや卑下《ひげ》という新たな生きづらさが発生しているとも言える。

そして40・50代向け美容本の読者のような加齢に真っ向勝負を挑んでいる同世代に対し「早く私みたいに諦めれば楽になるのに」などと冷笑を向けていたりもするのだ。

おそらく彼女たちは毎朝鏡の中にお母さんを越えてお祖母ちゃんの面影を見る苦痛より額にボツリヌス菌を打つ方が楽なのだ。それに対し「早くこっち側おいで（笑）」みたいなことを言うのは大きなお世話であり、今度は自分が人を生きづらくさせる「他人の視線」の一つと化している。

他人の視線を気にしなくなって楽になったとしても、他人にばかり視線を向けているような人生は楽しくない。

つまり、他人の視線を気にせず、自身に目を向け、己の価値観により自分の人生を楽しめているのがＢＢ（ベストババア）状態である。

実際肉体は衰えたが精神的にはＢＢ化し、若いころより今の方が楽しいと豪語する中年女性は多い。

しかし、女がこのように「若いころより今の方が楽だし楽しい」というと、必ず「負け惜しみ」という矢が飛んでくる。

つまり、年を取った女は若い女に必ず嫉妬しており、若い女を生きづらくさせている視線の中には男だけではなく、年を取った女のものも含まれているということだ。

この「ババア全員若い女に嫉妬してる説」は度々現れ、年を取った女自身が「そんなことない」と言っているにもかかわらず「絶対そんなことない」という謎の一派が一歩も引かないので未だ議論が続いている。

実は私は若い女に嫉妬することもあるので、この話題については何とも言えないところがある。しかし私が嫉妬しているのは「私より調子がよさそうな人間」であり、それがたまたま若かった、というだけな気がする。

実際、ＪＫのころの自分と現在の石原さとみ、どっちが羨《うらや》ましいかと言われたら確実にさとみだ。

若さそのものに嫉妬がないかというと嘘になるし、私のように嫉妬深い中年女がいるというのもまた事実だ。

だからと言って中年女が全員嫉妬深い、とはならない。

「年を取った女は若い女に嫉妬している」という巨大主語の決めつけは間違っている。

自分が若い女に嫉妬せず、むしろ自分と同じ苦しみを次世代に味わわせないよう奮闘するスーパーヒーローババアだったとしても「あたしらババアはヒーローなのさ」と言うのも主語がでかく、むしろそんなことを言われたら私のようなショッカーババアは困る。

「女はこう」などと、ひとまとめにして語られたくないなら、まず自分自身が己のことを語る時「私たち女は」と、主語をでかくして責任を分散させるような言い方をせず「私は若い女にクソ嫉妬しますね」と、個人を明確にして発信していかなければいけない。

２０２４年７月

カレー沢　薫

女《おんな》って何《なん》だ？
コミュ障《しょう》の私《わたし》が考《かんが》えてみた

朝日文庫

2024年9月30日　第1刷発行

著　者　カレー沢《ざわ》　薫《かおる》

発行者　宇都宮健太朗
発行所　朝日新聞出版
〒104-8011　東京都中央区築地5-3-2
電話　03-5541-8832（編集）
03-5540-7793（販売）
印刷製本　大日本印刷株式会社

Published in Japan by Asahi Shimbun Publications Inc.
定価はカバーに表示してあります

ISBN978-4-02-262099-6
落丁・乱丁の場合は弊社業務部（電話 03-5540-7800）へご連絡ください。
送料弊社負担にてお取り替えいたします。